La princesa y el jeque
Sarah Morgan

Bianca™

HARLEQUIN™

Editado por HARLEQUIN IBÉRICA, S.A.
Núñez de Balboa, 56
28001 Madrid

© 2007 Sarah Morgan. Todos los derechos reservados.
LA PRINCESA Y EL JEQUE, N.º 1865 - 3.9.08
Título original: The Sheikh's Virgin Princess
Publicada originalmente por Mills & Boon®, Ltd., Londres.

I.S.B.N.: 978-84-671-6341-4
Depósito legal: B-34586-2008
Editor responsable: Luis Pugni
Preimpresión y fotomecánica: M.T. Color & Diseño, S.L.
C/. Colquide, 6 portal 2 - 3º H. 28230 Las Rozas (Madrid)
Impresión y encuadernación: LITOGRAFÍA ROSÉS, S.A.
C/. Energía, 11. 08850 Gavá (Barcelona)
Fecha impresion para Argentina: 2.3.09
Distribuidor exclusivo para España: LOGISTA
Distribuidor para México: CODIPLYRSA
Distribuidores para Argentina: interior, BERTRAN, S.A.C. Vélez
Sársfield, 1950. Cap. Fed./ Buenos Aires y Gran Buenos Aires,
VACCARO SÁNCHEZ y Cía, S.A.
Distribuidor para Chile: DISTRIBUIDORA ALFA, S.A.

Prólogo

AYUDADME a salir de ésta... ¡y hacedlo rápido! –ordenó el sultán, irritado y frustrado. Entonces se giró para mirar al grupo de hombres sentados en la misma sala en completo silencio–. ¡El tiempo está pasando y os digo que *no me voy a casar con esa mujer!*

Los hombres allí reunidos se quedaron consternados; aquello era un problema de ámbito nacional.

–Su Excelencia –dijo uno de los abogados–. Hemos revisado todos los estatutos y no hay ningún modo de escapar a este matrimonio.

–Pues revisadlos otra vez –espetó el sultán–. Revisadlos de nuevo y encontrad *algo* que podamos utilizar... algo que nos permita romper este ridículo contrato.

–Ése es el problema, Su Excelencia –dijo el abogado, nervioso–. No hay nada. Su padre realizó el acuerdo con el último príncipe de Rovina hace dieciséis años, pocos meses antes de su prematura muerte. Fueron juntos al colegio y en el ejército...

–No necesito que me des una charla de los motivos por los que me encuentro en esta situación –bramó el sultán–. Sólo necesito consejo de cómo salir de ella. Y rápido.

–No hay manera de salir de esta situación, Su Excelencia. Usted se tiene que casar con la princesa

Alexandra de Rovina –dijo el abogado con voz temblorosa–. Quizá sea un atractivo...

–¿Eso crees? «La princesa rebelde»... ¿no es así como se refieren a la que se supone que tiene que ser mi esposa? Desde que tuvo edad para ir al colegio, la chica no ha dejado otra cosa que caos tras de sí. Conduce demasiado rápido, se va de fiesta hasta altas horas de la madrugada y concibe el sexo como si fuera un deporte olímpico. Y ni siquiera ha cumplido los veinticuatro años. Por favor, explícame cómo puede una mujer así ser algo atractivo para Zangrar.

Se creó un incómodo y tenso silencio.

–¿No se te ocurre nada? –incitó el sultán, enfureciendo aún más–. Dejadme. ¡Marchaos todos!

La sala se quedó vacía en cuestión de segundos. El sultán se planteó que no sabía qué le ponía más enfermo, si el matrimonio en sí o el tener que casarse con una mujer como la princesa Alexandra. No había nada «real» en el comportamiento de aquella mujer y de ninguna manera se iba a convertir en su esposa.

Ella era el tipo de mujer que hubiera llamado la atención de su padre.

Entonces oyó un pequeño ruido y se dio la vuelta. Frunció el ceño y vio a su asesor principal.

–¿Omar?

–Su Excelencia –dijo el hombre, acercándose a él–. Si me permite hacerle una sugerencia...

–Si esta sugerencia incluye que me case, ahórratela.

–Es comprensible que Su Excelencia tenga su opinión, debido a la desafortunada historia de su difunto padre.

El sultán sintió cómo cada músculo de su cuerpo se ponía tenso.

–Eso es algo de lo que no deseo hablar.

–Desde luego, Su Excelencia, pero tiene relación con la situación actual. Tiene razón en estar preocupado. Los ciudadanos de Zangrar no tolerarán a otra mujer como su madrastra.

–Omar, estás siendo muy valiente al tratar este tema de conversación –dijo el sultán, respirando profundamente–. Quizá me conozcas desde que tenía dos años, pero no te excedas conmigo. Estoy teniendo problemas para controlar mi enfado.

–Dadas las circunstancias, su enfado es normal. Lo que ha conseguido para Zangrar desde la muerte de su padre es increíble. Usted le ha dado esperanza a cada ciudadano y ahora tiene miedo de perder lo que ha conseguido.

–Que será lo que ocurra si me caso con esta mujer.

–Posiblemente. Pero Su Excelencia *necesita* una esposa, eso no es discutible –murmuró Omar–. La gente está deseando que usted se enamore y se case.

–Estoy preparado para realizar muchos sacrificios personales por mi país, pero enamorarme no será uno de ellos. Cuando llegue el momento, elegiré una esposa que me dé hijos, pero no será una alocada y salvaje princesa europea. La gente de Zangrar se merece algo mejor.

–Pero la princesa Alexandra tiene sangre real. Dentro de un año, cuando cumpla veinticinco años, su tío abandonará la regencia y ella pasará a ocupar el trono de Rovina.

–Lo que significará que será capaz de llevar aún más caos a su país, ¿no es así?

–Lo que significará que una alianza entre nuestros dos países ofrecerá muchas oportunidades que beneficiarán a Zangrar. Comercio, turismo...

–¿Se supone que tengo que ignorar su vergonzosa reputación y su falta de dignidad?

–Se dice que la princesa Alexandra es excepcionalmente bella.

–En una esposa valoro más la talla moral que ningún atributo físico –gruñó el sultán–. Aunque parece ser que mi opinión al respecto no importa ya que aparentemente no hay manera alguna de romper este ridículo contrato que realizó mi padre.

–Eso es cierto, Su Excelencia –dijo Omar–. No hay ninguna manera de que *usted* rompa el contrato.

–¿Omar? –dijo el sultán, frunciendo el ceño.

–He estudiado el contrato en detalle y es cierto que no hay ninguna posibilidad de que Su Excelencia lo rompa –Omar hizo una pausa–. Pero *ella* sí que puede.

El sultán se enderezó.

–¿Estás diciendo que la princesa tiene el derecho de vetar este matrimonio?

–Así es. Pero antes de que Su Excelencia se anime demasiado con esa opción, debo decirle que el Principado de Rovina no ha discrepado en nada. Pareciera que la princesa tiene ganas de casarse con usted.

–Y ambos sabemos por qué –dijo el sultán, esbozando una mueca–. Las arcas de Rovina están vacías y la manera en la que la princesa gasta dinero es tan legendaria como su comportamiento rebelde.

–Quizá eso explique parte del comportamiento, pero no todo. Su Excelencia es extremadamente guapo y muchísimas mujeres desearían casarse con usted.

El sultán se rió sin humor y se acercó a mirar por la ventana. Era consciente de que *no era capaz de amar*. Pero no lo veía como algo de lo que arrepentirse ya que había visto lo que el amor podía hacer con las personas.

–¿Estás seguro de que la princesa tiene el derecho de romper este contrato? –preguntó.

–Sin ninguna duda. La única persona que le puede librar de esta boda es ella.

–Entonces así será –dijo el sultán, asintiendo con la cabeza–. Omar, te has superado a ti mismo.

–Su Excelencia, no tengo que recordarle que la princesa *sí* que quiere casarse con usted, así que los detalles del contrato son de alguna manera irrelevantes.

–No son irrelevantes –dijo el sultán, arrastrando las palabras–. Quizá la princesa quiera casarse conmigo ahora mismo, pero con tiempo y un poco de... *persuasión*...estoy seguro de que pronto se dará cuenta de que este matrimonio no es para ella.

–¿Planea influir en su decisión, Su Excelencia?

–Sin duda. El problema está resuelto, Omar. La princesa Alexandra va a decidir que casarse conmigo sería una *muy* mala idea. Pretendo ocuparme de ello personalmente –dijo, esbozando una maliciosa sonrisa.

Capítulo 1

LOS SABLES chocaban entre sí y el sonido de metal contra metal se apoderó de la sala.

Karim apretó con fuerza la empuñadura del sable e hizo un magnífico movimiento que provocó que la gente que los estaba observando emitiera un grito ahogado colectivo.

Karim los ignoró ya que toda su atención estaba centrada en su oponente, cuya identidad estaba oculta bajo la máscara. Por primera vez en su vida no podía anticipar los movimientos de su contrincante, que se movía como un verdadero atleta.

Cuando le habían informado de que la princesa Alexandra había insistido en verlo practicar la esgrima antes de aceptar que trabajara para ella como guardaespaldas durante su viaje a Zangrar, le había parecido divertido... aunque también le había irritado. Era la primera vez que luchaba por un capricho femenino. Había pensado que iba a vencer a su contrincante en cuestión de minutos, pero no estaba siendo así. Aunque le sorprendió el hecho de que se estaba divirtiendo.

Se preguntó quién sería el hombre que había detrás de aquella máscara.

Acostumbrado al aburrimiento, sintió cómo la adrenalina se apoderaba de sus venas y se juró a sí mismo que iba descubrir la identidad de su oponente.

Durante el combate, no pudo reprimir una pequeña risa de admiración ante un brillante movimiento de aquel misterioso hombre, que no era muy alto pero que era atrevido e intrépido.

Distraído por unas risas, miró hacia el público y vio a un grupo de mujeres que estaban observando el combate con gran interés y coquetería.

Se preguntó cuál de ellas sería la princesa Alexandra.

Pensó que ella debía ser una mujer mimada a la que le divertía que los hombres se pelearan por ella.

Volvió a centrar su atención en el duelo de esgrima. Su oponente, que parecía estar tomándose aquello de manera personal, parecía inundado de una nueva energía. Pero él decidió que el combate ya había durado demasiado y realizó un perfecto ataque que le valió la victoria.

Respirando profundamente, se quitó la máscara.

–He ganado –dijo, tendiéndole la mano a su adversario tal y como marcaba el protocolo–. Así que, como he matado al dragón, supongo que me he ganado el derecho de proteger a la princesa. ¿Quizá me la podría presentar para que me pueda dar mi próximo reto? ¿Pistolas al amanecer? Quítese la máscara. Merezco ver la cara del hombre con el que acabo de luchar.

Su oponente vaciló, pero finalmente obedeció.

–*No* soy un hombre –dijo ella con una sexy voz diseñada por la naturaleza para derretir al sexo contrario.

Karim respiró con fuerza al ver cómo una masa de pelo rubio caía sobre unos delgados hombros. Aunque sabía los peligros que frecuentemente acechaban detrás de una belleza tan espectacular, se quedó deslumbrado.

Observando con diversión la reacción de él, ella le tendió la mano y volvió a hablar.

–Yo soy la princesa Alexandra –dijo en voz baja–. Y se supone que tú debes ser mi guardaespaldas. El problema es que, en realidad, yo no quiero un guardaespaldas. Se suponía que no ibas a ganar el combate. Me temo que has realizado el viaje en balde.

¡Había perdido!

Desesperada porque él no se percatara de cómo le estaban temblando las piernas, Alexa observó cómo la incredulidad se reflejaba en la atractiva cara de él al darse cuenta de su identidad.

Aquel hombre era guapo y fuerte. La estaba mirando detenidamente con aquellos hermosos ojos oscuros que tenía y ella, atrapada por la fuerza de su penetrante mirada, sintió cómo algo peligroso y desconocido cobraba vida dentro de su cuerpo. A continuación se sintió invadida por una explosión de conciencia sexual.

Sintió cómo se le debilitaban las rodillas debido a la pasión que sintió en la pelvis, pero se obligó a seguir mirándolo a los ojos y esperó a que empleara la deferencia y el respeto que ella sabía se le debía.

Él era un guardaespaldas.

Ella era una princesa de sangre real y estaba acostumbrada a que los extraños la trataran con la debida formalidad. Pero aquel hombre no estaba intimidado ni impresionado por su título ni por su posición. En vez de ello, se quedó allí de pie con mucho orgullo, como si estuviese acostumbrado a dar órdenes y a ser obedecido inmediatamente.

Le miró la boca, que era muy sensual, y pensó que

estaba claro que era alguien importante en el equipo de seguridad del sultán. Era alguien *poderoso*. Parecía que no había obedecido una orden en toda su vida.

Lo que hacía que la situación fuese muy incómoda. No quería que fuese su guardaespaldas. No confiaba en él. No confiaba en *nadie*. Ocurriera lo que ocurriera, ella misma tenía que estar al cargo de su propia seguridad; era la única manera en la que podría escapar del embrollo en el que se había convertido su vida.

No podía creer que hubiera llegado aquel momento... *que hubiera sobrevivido tanto*. Se sintió al borde del pánico, como siempre le ocurría cuando pensaba en su inminente matrimonio con el sultán de Zangrar.

No era que tuviera miedo de él. No lo tenía. Tras los anteriores dieciséis años de su vida, no le importaba que él tuviera fama de ser despiadado, controlador y carente de sentimientos. De una manera, ayudaba saber que el sultán no era sensible ya que así no tenía que sentirse culpable por forzarle a un matrimonio que no era nada romántico.

En circunstancias normales aquel matrimonio sería lo último que ella querría. Pero sus circunstancias *no* eran normales y, además, aquel matrimonio no versaba sobre lo que era mejor para *ella*, sino para Rovina.

Agarró el sable con fuerza. Había revisado las opciones que tenía tantas veces que hasta le dolía la cabeza de tanto pensar.

Y la única conclusión a la que llegaba era a que el futuro de Rovina dependía de su matrimonio con el sultán.

En aquel momento, sólo le separaba un viaje de Zangrar.

Pero iba a ser un viaje arriesgado e iba a necesitar mantener la calma. Irónicamente, lo último que quería era un guardaespaldas. Tenerlo a su lado lo único que conseguiría sería poner su vida en más peligro aún.

Una risita tonta de las mujeres que estaban entre el público le hizo percatarse de que se estaban convirtiendo en el centro del escrutinio y cotilleo. Sonrió y se recordó a sí misma que tenía que guardar una imagen; *la de una mujer que no tenía nada más serio en la mente que el conseguir placeres frívolos.*

–Te puedes marchar a casa, guardaespaldas –dijo en voz baja para que sólo él la oyera–. No necesito tu protección.

–Mi protección *no* es algo opcional –dijo él con un peligroso brillo reflejado en los ojos–. Usted y yo tenemos que hablar... a solas. Ahora.

Asustada ante el autocrático tono de voz de aquel hombre, Alexa abrió la boca para negarse, pero él la agarró con fuerza por la muñeca y la llevó a la antesala donde estaba el equipamiento de esgrima.

¿Había estado peleando con una mujer?

Tenso, Karim la soltó y cerró tras ellos la puerta de la antesala. Miró los suaves y sedosos rizos que le caían a ella por la espalda. Su pelo tenía el color del atardecer en el desierto. Y cuando la había mirado por primera vez a los ojos había sido como haberse lanzado a un arpón ardiendo. Se había visto consumido por la más básica de las necesidades sexuales; la química entre ambos era tan intensa que durante un momento sólo había sido capaz de pensar en sexo.

–Abre la puerta –ordenó ella, que parecía no ser consciente del efecto que tenía sobre él–. Ahora.

–Yo sólo obedezco órdenes del sultán.

–Por favor... –suplicó ella. Se había quedado pálida.

–Acaba de enfrentarse a mi sable sin ninguna consideración por su seguridad personal –dijo él, arrastrando las palabras–. ¿Y espera que crea que tiene miedo de una puerta cerrada?

–Simplemente ábrela –dijo ella con voz ronca–. Por favor, ábrela.

Perplejo y exasperado, Karim abrió la puerta y observó cómo ella se relajaba. Pensó que si la princesa era tan fácil de asustar, no le iba a ser difícil convencerla de que la vida bajo el duro clima de Zangrar, en compañía de un despiadado sultán, *no* era para ella.

–Yo no peleo con mujeres, Su Alteza.

Ella se encogió de hombros, retomando de nuevo parte de su rebeldía.

–Ahora sí –dijo, quitándose la chaqueta con gracia–. Y, de todas maneras, ganaste. Tu ego está intacto.

–Mi ego no requiere protección –dijo él, sintiéndose tenso–. Podía haberle hecho daño.

En aquel momento en el que ella ya se había quitado la chaqueta, pudo ver la delicada estructura ósea que tenía. Su cara era muy bella y reflejaba mucha inocencia, lo que le chocó debido a su mala reputación. Alexandra lo miró a su vez resueltamente.

Entonces se dio la vuelta y colgó su chaqueta en el armario.

–Eres bueno, pero has hecho el viaje en balde. No quiero un guardaespaldas.

–Sus deseos sobre este tema son irrelevantes, Su Alteza.

No importaba lo que ella quisiese... él la iba a acompañar. Su misión era convencerla de que no se casara con el sultán y necesitaba estar con ella durante todo el trayecto para poder lograrlo.

–¿Eres uno de los guardaespaldas del sultán? –preguntó ella.

Karim no había anticipado aquella pregunta y tardó un momento en contestarla.

–Soy responsable de la seguridad del sultán, sí.

–En ese caso, estoy segura de que te echa de menos. Vete a casa –dijo ella, quitándose la protección del brazo–. Utiliza tus talentos en otra parte. Yo no los necesito.

–¿Ya no se pretende casar con el sultán?

–Desde luego que me voy a casar con el sultán, pero no necesito que me acompañe nadie en el viaje. Prefiero ocuparme yo misma de mi protección.

–¿Y a quién ha seleccionado para ello?

–A mí misma –contestó ella como si fuera obvio–. Si hay algo que he aprendido a lo largo de los años es que, cuando se trata de seguridad, en la única persona en la que realmente puedes confiar es en ti mismo.

–¿Planea viajar sola por el desierto?

–Así es y espero que nadie me amenace ya que soy muy peligrosa cuando alguien lo hace.

Como para convencerlo de ello, lo miró fijamente con sus ojos azules. Karim levantó una ceja.

–Está claro que no es consciente de que para muchos hombres la vulnerabilidad de la mujer es uno de sus mayores encantos.

–Esos mismos hombres tienen sin duda un ego minúsculo y necesitan matar a un dragón para demostrar su masculinidad. Yo me niego a poner mi seguridad en peligro para así darle capricho a un hombre y que pueda mostrar sus músculos en público. Yo mato mis propios dragones.

Por primera vez en su vida adulta, Karim no supo qué decir.

–No puede estar planteándose viajar sola a Zangrar, no conoce la ruta –dijo por fin.

–Puedo leer un mapa, utilizar navegación por satélite y hablar por teléfono. Hoy en día las princesas tienen muchas habilidades. Somos una raza muy versátil. ¿No lo sabías?

Lo que él sabía era que ella era una mujer muy difícil.

–Está claro que nunca ha aspirado a ser una princesa de cuento de hadas.

–Dirás una víctima pasiva, ¿no es así? –dijo Alexa, encogiéndose de hombros–. Yo no sería tan tonta como para aceptar una manzana envenenada.

–Pero *pretende* casarse con un sultán –señaló Karim suavemente.

–Efectivamente –dijo ella, sonriendo.

–Y el sultán insiste en que le escolten en el viaje, Su Alteza.

La princesa lo miró a los ojos.

–Está bien –dijo tras un momento, quitándose los zapatos de esgrima–. Si quieres venir conmigo supongo que no te lo puedo impedir. Simplemente espero que no te arrepientas. ¿Quién se está ocupando de la seguridad del sultán mientras estás conmigo?

A Karim le sorprendió lo rápido que había conseguido lo que quería... pero le dio la impresión de que había algo sospechoso.

–Su Excelencia está en una misión secreta muy importante que afecta a la futura estabilidad de Zangrar. Otras personas se están encargando de su seguridad...

–No me has dicho tu nombre –dijo ella.

–Me puede llamar Karim, Su Alteza.

–Y tú me puedes llamar Alexa. No me gusta mucho el protocolo.

Recordando todo lo que había leído sobre el estilo de vida de la princesa, a Karim no le fue difícil creer aquello.

–No sería apropiado que yo la llamara por su nombre.

–Cuando me arrastraste a esta habitación no te estabas preocupando de lo que era apropiado o no –dijo ella, mirándolo especulativamente–. Está claro que estás acostumbrado a hacer lo que quieres.

–¿Quieres un guardaespaldas que espera a que le den permiso antes de salvarte la vida? –preguntó él, tuteándola.

–No quiero un guardaespaldas –reiteró ella–. Si hay que salvar algo, prefiero hacerlo yo misma.

Karim pensó que lo único que tenía que salvar la princesa era a ella misma. El mes anterior la habían tenido que sacar inconsciente de un bar de copas y durante el último año había sufrido por lo menos tres accidentes, dos de coche y uno en barco.

–El desierto está lleno de peligros, muchos de los cuales sólo conocen los que han nacido y crecido allí.

–He vivido en peligro toda mi vida. Tengo que hacerte una pregunta, Karim –dijo ella, poniéndose un jersey verde.

Todavía llevaba puestos sus pantalones de esgrima y él pudo ver lo estilizadas que eran sus piernas.

–Pregúntame lo que quieras.

–¿Qué te parece el sultán? ¿Morirías por él?

–Sin duda alguna –contestó Karim, pensando en la ironía de la pregunta.

–¿Qué sabes sobre *mi* país? –preguntó Alexa tras arreglarse el pelo en un improvisado moño.

–Rovina es un pequeño Principado dirigido por tu tío, el Regente, que ocupa el poder desde que tus padres murieron en un accidente. Tú, la única heredera, eras demasiado joven para ascender al trono –contestó él, observando cómo a ella se le ensombreció la cara–. Tu difunto padre y el difunto padre del sultán eran amigos y acordaron que cuando tú cumplieras veinticuatro años te debías casar con él. Tu cumpleaños es dentro de cuatro días.

–Has hecho los deberes.

–Dentro de un año, cuando cumplas veinticinco, serás coronada reina de Rovina. Sabiendo eso, no comprendo por qué quieres irte a vivir a otro continente y casarte con un hombre que ni siquiera has conocido, cuya cultura y creencias son muy distintas a las tuyas... –dijo Karim.

–¿No crees que deba casarme con el sultán?

–Al contrario. Estoy seguro de que el matrimonio entre ambos será un gran éxito. Tú eres claramente valiente y atrevida y ésas son dos cualidades necesarias para domar a nuestro sultán.

–¿Domar?

–Una vez oí que una mujer comentó que el sultán de Zangrar se parece a un tigre salvaje que ha sido forzado a vivir en cautividad –dijo Karim, esbozando lo que esperó pareciera una comprensiva sonrisa–. La mujer que finalmente comparta su jaula debe ser *muy* valiente.

–Si estás tratando de asustarme, Karim, te has equivocado de mujer –dijo ella, riéndose.

–No estoy tratando de asustarte –mintió él–. Todo lo contrario; cuanto más veo de ti más me convenzo de que te irá muy bien con el sultán... incluso cuando él pierda los nervios debido a su mal genio. Simplemente quería comprobar que tú sabías lo que hacías. Si quieres echarte para atrás, puedes hacerlo.

–*No* quiero hacer eso.

Al mirarla a sus profundos ojos azules, Karim sintió cómo la lujuria se apoderó de él.

–Está claro que no hay lugar para el amor ni el romance en tu vida.

–¿Me estás diciendo que crees en el amor, Karim? ¿Eres un hombre romántico?

–Esta conversación no es sobre mí.

–Juzgando tu tono de voz, está claro que he tocado un tema sensible.

La princesa lo miró en silencio durante un momento y después se dirigió a la ventana.

–No estoy fingiendo que este matrimonio tenga nada que ver con el amor, porque ambos sabemos que no es así... –entonces frunció el ceño–. ¿Por qué te estoy contando esto? Mis razones para casarme con el sultán no son asunto tuyo. Tu labor es simplemente escoltarme hasta Zangrar.

Karim se preguntó qué diría ella si supiera cuál era en realidad su labor. La princesa Alexandra era la única que podía romper aquel ridículo acuerdo y era su responsabilidad personal lograr que lo hiciera.

Alexa *no* era adecuada para convertirse en la esposa de un sultán.

Estaba claro que sólo se quería casar con él por codicia y eso le ponía enfermo...

–Así que, si insistes en viajar conmigo... –continuó la princesa– será mejor que me digas los planes que tienes para el viaje.

–Saldremos al amanecer. El avión privado del sultán espera en el aeropuerto.

–¿Conoce mi tío esos planes? –preguntó Alexa, que parecía nerviosa.

Karim pudo sentir la tensión que se apoderó del ambiente. Ella estaba angustiada.

–Ha querido saber el itinerario completo.

–Y tú se lo has dado. Estupendo –dijo la princesa, manteniendo silencio a continuación. Parecía estar pensando–. Entonces saldremos al amanecer. Mi tío desea que nos acompañes a cenar. Como enviado del sultán, eres un invitado de honor. Pero tengo una pregunta más que hacerte.

–Dime.

–¿Eres realmente bueno en tu trabajo, Karim? ¿Realmente eres el mejor?

–Tu bienestar es mi primera prioridad. No tienes ninguna razón para preocuparte por tu seguridad.

–¿Crees que no? –dijo ella, riéndose.

–Nadie se atrevería a ponerle un dedo encima a la futura esposa del sultán –dijo Karim, frunciendo el ceño.

La princesa se quedó mirándolo durante largo rato. Su mirada era intensa y perturbadora.

–Excepto, quizá, los que no quieren que me convierta en la esposa del sultán.

Capítulo 2

ALEXA se sentó a la gran mesa del salón de banquetes. Le temblaban las manos de tal manera que casi no era capaz de sujetar el tenedor y el cuchillo. Estaba al límite. Si no fuera por el hecho de que su tío hubiera sospechado, se habría retirado a su habitación. Pero tal y como estaban las cosas, no se atrevía a hacerlo. Había demasiado en juego.

Aunque estaba mirando su plato, vio la mano de Karim agarrar el vino y su atención se centró momentáneamente en sus fornidos dedos. Entonces él la rozó con el brazo y con sólo ese inocente contacto ella sintió cómo el calor se apoderaba de su pelvis.

Se apartó de él inmediatamente, alarmada por su reacción.

–Estás demasiado callada, Alexa –dijo su tío William. Entonces levantó su vaso ante Karim–. Espero que tengáis tiendas decentes en Zangrar. Alexa no va a estar feliz en un lugar que no tenga tiendas. Su lema es que todos los destellos deben ser de oro, ¿no es así, cielo?

Consciente de que su tío estaba en su peor momento cuando utilizaba aquella voz de preocupación, Alexa sintió cómo el pánico se apoderaba de su cuerpo.

Se preguntó por qué Karim no habría regresado a casa cuando ella se lo había ordenado. No había querido arrastrar a nadie más en aquello.

Sabía que su tío la estaba mirando y fingió un bostezo. Trató de tener el aspecto de una niña que no es capaz de planear nada más que su próxima salida para ir de compras.

–He oído que en algunos de los zocos se venden unas sedas magníficas. Tengo ganas de diseñarme mucha ropa nueva... para llenar un armario.

–Tengo que admitir que quizá la haya mimado demasiado tras la muerte de sus padres –le comentó William a Karim–. Sólo espero que el sultán sea tan generoso como rico.

–La generosidad del sultán es conocida por todos, pero es difícil gastar dinero en el desierto y allí es donde pasa la mayor parte del tiempo –dijo Karim.

–¿Vive en el desierto? –quiso saber Alexa, impresionada.

–Desde la muerte de su padre, el sultán ha pasado la mayor parte de su tiempo en el desierto, con su gente. Se espera que su esposa le apoye en ello. Si deseas comprarte ropa nueva, será inteligente que te compres túnicas y botas bajas de ante que sean fuertes –dijo Karim, tomando su vaso–. De las que repelen el mordisco de una serpiente.

Reflexionando sobre el hecho de que tratar de evitar serpientes iba a ser muy fácil tras haber estado dieciséis años viviendo con su tío, Alexa se encogió de hombros.

–Estoy segura de que puedo vivir en el desierto si tengo que hacerlo. En realidad es como una gran playa, arena, arena y arena. Seguro que el sultán no va a querer que su esposa vaya vestida con harapos. Con todo el dinero que tiene, no se va a molestar porque me compre un par de zapatos.

–Quizá sí se moleste... ¡cuando descubra cuánto valen! –dijo el tío William–. Karim, le he estado diciendo a mi sobrina que este matrimonio es ridículo. Su padre lo estableció cuando ella era una niña, antes de tener ninguna idea de la clase de mujer que iba a ser. Y la verdad es que no es una mujer que vaya a ser feliz encarcelada en una polvorienta fortaleza en medio de un caluroso desierto –entonces esbozó una sonrisa–. Sin intención de ofender.

Alexa sintió cómo Karim se puso tenso y se preguntó si era posible morir de vergüenza.

–Estoy segura de que el sultán se divierte de cuando en cuando. Mientras se celebren fiestas y todo el mundo se entretenga, las cosas marcharán bien –se forzó a decir ella, consciente de que era lo que se esperaba que dijera.

Vio cómo Karim agarraba el vaso con fuerza.

–El sultán no celebra muchas fiestas. Cuando se divierte, la lista de invitados incluye a dignatarios extranjeros y otros jefes de estado. Las reuniones se llevan a cabo para mantener la diplomacia y las relaciones internacionales –dijo él.

Alexa se percató de que el enviado del sultán pensaba que ella era frívola y superficial... lo que no la sorprendía. Lo que sí la sorprendió fue el hecho de que le importara lo que él pensara.

–Los dignatarios extranjeros parecen aburridos. Estoy segura de que seré capaz de conseguir que el sultán anime las cosas un poco.

William miró entonces a Karim.

–Tiene la cabeza llena de romances. Espera sementales árabes, un desierto y un sultán glamuroso que la vuelva loca.

Al ver la profunda desaprobación que reflejó la cara de Karim, Alexandra se preguntó si éste iba a perder el control. Pero cuando finalmente habló, su tono de voz era casi aburrido.

–No hay nada romántico en el desierto. Es un paisaje duro e implacable, lleno de amenazas. Las tormentas de arena son el fenómeno natural que más muertes han causado y en el desierto de Zangrar hay escorpiones y serpientes extremadamente venenosos.

–Escorpiones y serpientes, ¿ves, Alexa? –dijo William–. Es muy diferente de Rovina.

–Desde luego –dijo ella en voz baja–. Aun así, mi padre acordó este matrimonio y yo debo cumplir sus deseos. Se lo debo a su memoria.

Así como también se lo debía a la gente de Rovina. De la única manera en la que iba a cumplir los veinticinco años era casándose con el sultán.

–Eres muy joven –dijo Karim, mirándola fijamente–. Tu tío está preocupándose por cómo vas a adaptarte a vivir en un país como Zangrar. Harías bien en escuchar su consejo.

–No le tengo miedo a nada de lo que pueda encontrar en Zangrar.

–Entonces quizá no estés lo suficientemente informada de lo que te espera allí –dijo él en voz baja para que sólo ella lo oyera.

Alexa lo miró a los ojos y se preguntó a qué se estaría refiriendo. Se quedaron mirando el uno al otro durante largo rato y ella sintió cómo la química sexual se apoderaba de su cuerpo.

–Estás haciéndolo otra vez... tratas de asustarme.

–¿*Estás* asustada?

–No –contestó ella. Pero eso era porque ya conocía lo que significaba el verdadero miedo.

Miró a su tío y vio cómo éste le sonreía. Se le aceleró el pulso. Si el guardaespaldas del sultán quería realmente saber qué la asustaba, sólo tenía que mirar al hombre que tenían delante...

–He oído que habéis tenido un combate de esgrima, Karim –dijo William–. No es un deporte de chicas, estoy seguro de que estás de acuerdo conmigo. Creo que vas a descubrir que la princesa Alexandra no es una persona muy corriente. La mayoría del tiempo no se comporta como lo debería hacer una princesa.

Alexa se percató de la tensión que se reflejó en la boca de Karim y supo que los reiterados intentos de su tío de debilitarla estaban funcionando.

–Tengo muchas cualidades que el sultán apreciará –dijo.

Entonces vio el desdén que reflejaban los ojos del guardaespaldas y se dio cuenta de que ella misma había empeorado la situación.

Quiso gritar que no se refería a cualidades sexuales y se preguntó por qué los hombres eran tan básicos, por qué sólo pensaban en una cosa... Bueno, en realidad eran dos; sexo y poder.

Estaba muy nerviosa y pensó que todavía había muchas cosas que podían salir mal

Su boda con el sultán era lo único que garantizaba un futuro para Rovina y si algo evitaba que ocurriera... Bebió un poco de vino.

–Hablando de cualidades, la mayoría de las tuyas aparecen en la primera página de los periódicos de hoy. Creo que los titulares decían algo como «La rebelde princesa está caliente para el harén». Los periódicos no tienen decencia, siempre están removiendo el pasado cuando lo que hay que hacer es olvidarlo. Por tu bien, esperemos que el sultán no esté esperando una novia virgen. Pero claro, por su reputación, quizá sea uno de esos extraños hombres que valoran más la experiencia que la inocencia –dijo su tío.

–Cuando llegue el momento, pretendo contarle la verdad sobre mi vida al sultán –dijo Alexa–. *Toda la verdad*, tío William. Y él me creerá.

Vio el asombro con el que la miraba Karim y el funesto brillo de los ojos de su tío.

Comenzó a temblar sin comprender por qué había dicho aquello.

Aquél no era el momento de enojar a un hombre tan peligroso como su tío... y ella lo sabía.

–Tú eres mi sobrina –dijo William con calma–. Yo sólo quiero lo que sea mejor para ti... y Zangrar está tan lejos. Tengo mucho miedo de que algo terrible te vaya a ocurrir en el viaje. Ya sabes que eres muy proclive a los accidentes.

Alexa sintió cómo le daba un vuelco el corazón y cómo se le humedecían las manos. *Su tío la estaba amenazando*.

–Karim se encargará de mi seguridad –dijo con voz clara.

–Si te ocurriera algo, yo no sé lo que haría –dijo el regente de Rovina.

–Tu preocupación por mí siempre me conmueve, tío William. A mi padre le hubiera emocionado mucho ver todo lo que has hecho por mí desde su muerte –incapaz de compartir la mesa con su tío durante un minuto más, se levantó–. Nos marchamos por la mañana. Necesito mi pasaporte.

Aquél era el momento que había estado temiendo.

Durante dieciséis años él le había retenido el pasaporte y se preguntó si por fin se lo devolvería.

William guardó silencio durante largo rato y después sonrió.

–¡Eres una cabeza de chorlito! Por motivos de seguridad se lo daré a Karim.

¡No, no, no!

A Alexa se le revolvió el estómago. *Tenía* que tener su pasaporte y no podía esperar al día siguiente. Sintió un gran peso en el pecho. Muchas cosas dependían de las próximas horas. Si no recuperaba su pasaporte, no podía dar el próximo paso y todo habría sido en vano.

–Está bien. Dale mi pasaporte a Karim –dijo, tratando de parecer tranquila.

La habitación estaba oscura, pero podía ver el contorno del cuerpo de Karim tumbado bajo las mantas en la cama. Gracias a Dios estaba dormido.

Se preguntó dónde habría dejado el pasaporte. Vio que había colgado su chaqueta en la silla y se acercó a ella sin hacer ruido. Se había quitado los zapatos y se movía con el sigilo de un ladrón. Acercó una mano y emitió un grito ahogado cuando alguien la agarró por detrás y la tumbó en la cama. Aterrorizada, luchó como un animal atrapado y utilizó todas las tácticas de defensa que conocía. Pero al darse cuenta de la fortaleza de su agresor, supo que era una batalla perdida.

¡No! Aquello no podía ocurrirle a ella, no cuando estaba tan cerca de conseguir lo que quería. Desesperada, logró apartar una pierna y le dio una patada muy fuerte.

Gruñendo de dolor, su asaltante se apartó de ella... pero la agarró de las muñecas a continuación y murmuró algo en un idioma extranjero.

–¿Karim? –dijo ella al reconocer la voz.

Sintió cómo él se puso tenso y cómo acercó una mano para encender la luz.

Alexa vio el enfado que reflejaban los ojos de él. Se sintió aliviada.

–Pensaba...

–¿Qué pensabas? ¿Esperabas a otra persona? –dijo Karim, mirándola con incredulidad–. Ésta es *mi* habitación.

–Ya lo sé –Alexa se estaba quedando sin respiración debido al peso del cuerpo de él–. Pero vi el bulto bajo las sábanas y pensé que estabas durmiendo. Entonces alguien me agarró por detrás, así que pensé que era... –dejó de hablar ya que no quería revelar más cosas de las que debía.

–El bulto de la cama era la almohada. Te oí cuando abrías la puerta y quería ver quién estaba dispuesto a entrar en mi habitación de improviso. ¿Qué es esto... ahora me estás probando en un combate sin armas? ¿O tenías otra razón para hacerme una visita en mitad de la noche?

Lo que había querido decir él estaba claro. Repentinamente ella fue consciente de la fuerza que tenían sus desnudos hombros y de la íntima presión de su cuerpo sobre el suyo.

–Necesito mi pasaporte. Por *eso* estoy en tu habitación.

–¿Por qué necesitas tu pasaporte a las tres de la madrugada? ¿Estás planeando un viaje?

–Eso a ti no te importa –dijo ella, tratando de quitárselo de encima. Pero le fue imposible.

–Si tiene que ver con tu pasaporte, entonces sí que me importa.

–¡Al sultán *no* le gustaría que estuvieras tumbado sobre su esposa! –espetó ella.

–Teniendo en cuenta que soy sólo uno más de una larga lista de hombres que han adoptado esta misma posición, creo que es un poco tarde para que ese argumento sea útil –se burló Karim–. Mi trabajo es llevarte hasta el sultán sana y salva. Si pretendes escaparte en mitad de la noche, entonces tus planes de viaje son muy importantes para mí. Comience a hablar, Su Alteza.

El peso del cuerpo de Karim impedía que ella se concentrara y no fue capaz de decir nada. Atrapada por su fuerza viril y por el fuego de sus ojos, se quedó simplemente mirándolo. Tenía el cuerpo paralizado por una impresionante excitación sexual.

Quizá él detectó sus sentimientos ya que se movió un poco y su actitud cambió... de agresor a seductor.

Alexa lo empujó por el pecho, pero sus dedos tocaron una cálida y desnuda piel. El vello y los fuertes músculos de aquel cuerpo de hombre le alteraron los nervios pero, en vez de apartar la mano, comenzó a acariciarlo con una inconsciente fascinación femenina.

Karim respiró profundamente y gruñó algo que ella no comprendió.

Entonces comenzaron a besarse.

La boca de él era exigente y ferozmente posesiva y Alexa sintió cómo le ardía la sangre en las venas.

Entonces sintió cómo Karim deslizaba su caliente lengua sobre la suya y la erótica intimidad de aquella conexión la dejó débil y sin voluntad. Se olvidó de qué estaba haciendo en la habitación de él. Se olvidó de todo mientras su cuerpo se veía invadido por una peligrosa calidez. Sólo era capaz de sentir...

Entonces, repentinamente, él dejó de besarla y levantó la cabeza. Tenía el enfado reflejado en los ojos.

–¿*Qué* crees que estás haciendo?

–*Tú* me has besado –aclaró ella.

–Me estabas tocando.

Incapaz de defenderse de aquella acusación, Alexa se quedó allí tumbada. Estaba muy impresionada y trató de comprender qué había ocurrido. Besar a Karim había sido maravilloso, le había hecho sentirse estupendamente, y no comprendía exactamente por qué.

–Por favor, deja que me marche. Sólo quiero mi pasaporte –dijo con voz temblorosa–. Deja que me marche esta noche sin ti. Nadie te echará la culpa.

Karim estudió la cara de ella durante un momento para a continuación levantarse apresuradamente. Alexa se sintió aliviada e, ignorando la confusión de su mente y de su cuerpo, se sentó en la cama. Impresionada, tragó saliva al darse cuenta de que él estaba completamente desnudo... y *excitado*.

Sabía que debía apartar la vista... pero no podía moverse. Era la primera vez que veía a un hombre desnudo y no podía dejar de mirar aquella improvisada exposición de masculinidad. Sólo cuando oyó cómo él respiraba bruscamente pudo apartar la vista y mirar para arriba. Pero, en vez de sentirse aliviada, vio otro ángulo de una impresionante masculinidad... unos hombros anchos y unos impresionantes pectorales. Karim era increíblemente masculino y tuvo que ejercer toda su fuerza de voluntad para dejar de mirar aquella perfección física. Estaba ruborizada y no sabía qué hacer...

–Es muy dulce que te ruborices, pero es demasiado teniendo en cuenta el beso que acabamos de compartir –dijo Karim, empleando un frío tono de voz. Agarró el albornoz que había sobre una silla y se lo puso–. Y tu muestra de vergüenza está un poco fuera de lugar dado que comenzaste a explorar tu sexualidad siendo tan joven... Pero si quieres jugar a ese juego, está bien. Mirar es seguro, Su Alteza.

¿*Seguro?*

Alexa pensó que parte de ella sabía que aquel hombre no era seguro y ello la alteraba más de lo que quería reconocer.

Todavía ruborizada, trató de recuperar la calma.

–Nada de eso es importante –dijo con la voz quebrada–. Yo...

–¿Tú qué? –incitó él, cruzándose de brazos–. El sultán no aprobaría este comportamiento en su futura esposa. Es un hombre *extremadamente* posesivo.

–Ambos sabemos que seguramente al sultán no le importe lo que me ocurra.

Alexa se dijo a sí misma que en realidad ella no le importaba a nadie. Había estado sobreviviendo sola desde hacía mucho tiempo y le parecía imposible imaginar que alguien se preocupara por ella.

–Estás equivocada –dijo Karim–. Si te casas con él, te convertirás en una de sus posesiones y él protege a toda costa lo que es suyo. No le gusta compartir.

–No sabes nada de esta situación –dijo la princesa, levantándose–. Créeme, si conocieras los hechos, de ninguna manera hubieras aceptado este trabajo. Deja que me marche y quizá nos veamos algún día en Zangrar.

Alexa pensó que eso ocurriría si ella *sobrevivía* al

viaje. Se dio la vuelta y vio que él estaba frunciendo el ceño.

–Así que tu tío retenía tu pasaporte. Seguramente por tu propio bien. Está claro que eres muy difícil de manejar. No lo envidio.

–Tu trabajo no consiste en juzgar una situación de la que no sabes nada. No es asunto tuyo.

–Si estás tratando de escaparte, entonces sí que es asunto mío. Si cuando me despierte mañana te has ido, tendré que darle explicaciones al sultán. Y a Su Excelencia no se le conoce precisamente por ser muy tolerante con los errores que cometen otros.

–Venir conmigo sería un error más grande de lo que te puedas imaginar.

–Si crees eso, entonces no sabes absolutamente nada del sultán –dijo Karim, acercándose a ella–. Si desapareces mientras estás bajo mi protección, es mi responsabilidad.

–Al sultán no le importaría; no quiere casarse conmigo.

–Pero tampoco quiere un incidente internacional –dijo él secamente–. No te equivoques; el sultán va a seguir adelante con este matrimonio y los planes para la boda ya están en marcha. Te casarás con él el día de tu veinticuatro cumpleaños.

–Sí, pero pretendo viajar sola. Si te niegas a dejarme marchar, te arrepentirás de ello.

–Nunca antes me había amenazado una mujer que apenas me llega al hombro.

Alexa se sintió exhausta. Se sentó en la cama de nuevo y se percató de que algo brillaba debajo de la almohada. La levantó y emitió un grito ahogado.

–¿Duermes con una pistola y un puñal?

–Soy un hombre precavido –dijo él, acercándose a

ella y agarrándola de las manos para que se levantara–. Y tengo que saber por qué tienes la necesidad de salir de palacio en medio de la noche.

–Porque es muy importante que yo llegue sana y salva a Zangrar.

–¿Tan desesperada estás por casarte con el sultán?

–Prefiero la palabra «decidida» a «desesperada» –corrigió ella, aunque desesperada quizá se aproximaba más a la realidad.

–¿Y crees que tu tío va a tratar de impedírtelo?

–Si espero hasta mañana... sí –dijo Alexa. Vaciló, pero decidió que no tenía otra opción que contarle al menos parte de la verdad–. William cree que esta boda no debe celebrarse. Lo cree con tanta firmeza que sería capaz de emplear medios físicos para evitarlo.

–Debe quererte mucho como para preocuparse tanto por tu bienestar. ¿Y tú eliges ignorar ese amor?

–Él no me quiere. Me odia. Siempre me ha odiado –dijo ella.

–Eres joven. A veces, cuando lo que desean para ti otras personas va en contra de tus propios deseos, puede ser difícil oír lo que tienen que decir.

–No tengo ningún problema de oído. A mi tío no le interesa lo que sea mejor para mí –dijo Alexa. Entonces miró la puerta; estaba perdiendo demasiado tiempo–. Tengo que irme.

–Si te vas, entonces yo te acompaño. Que te quede claro; soy tu guardaespaldas.

Capítulo 3

KARIM se montó en el pequeño coche y se preguntó cuándo había sido exactamente que había renunciado a su criterio.

Se restregó el labio inferior con los dedos para tratar de borrar el delicioso sabor de la boca de ella y el recuerdo del abrasador beso que se habían dado. Pero no lo logró; se sentía invadido por la lujuria.

Alexa era la mujer más sensual que jamás había conocido y su comportamiento era escandaloso. El hecho de que estuviera dispuesta a besar a otro hombre días antes de su boda confirmaba todo lo que ya sabía de ella.

Trató de ponerse cómodo en el asiento del acompañante, pero le fue imposible.

–Me sorprende que no eligieras un medio de transporte más lujoso –dijo entre dientes.

–No me interesan los lujos, sino el anonimato –dijo ella sin siquiera mirarlo.

Dado que aquello contradecía todo lo que Karim sabía de la princesa, se preguntó qué estaba tratando de probar ella al viajar en el coche más pequeño que él había visto.

–Te has equivocado –dijo al ver un cruce de calles–. El aeropuerto está en la otra dirección.

–No vamos al aeropuerto.

–El avión privado del sultán te espera en el aeropuerto de Rovina –le recordó Karim.

–Lo sé. Y será el primer lugar al que vayan a buscarme cuando se den cuenta de que nos hemos ido –dijo ella, metiéndose a toda prisa por una calle a la izquierda. Las ruedas chirriaron.

–¡*Detén* el coche! Yo conduciré –ordenó él, atemorizado.

–De ninguna manera. Para empezar, no sabes adónde vamos.

–Cierto, pero sea donde sea, me gustaría llegar vivo.

–Tú elegiste venir, Karim –dijo Alexa, girando de nuevo el coche bruscamente–. ¿Te pones nervioso cuando no conduces tú?

–Eso depende del conductor.

–Yo soy una conductora *excelente*.

–Y, aun así, has sufrido dos accidentes de coche el año pasado.

–Exactamente. Un conductor peor que yo se hubiera matado.

–Un conductor mejor que tú no habría estrellado el coche. ¿Por qué no dejas de mirar el espejo retrovisor? Está muy oscuro, no se puede ver nada.

–Hasta el momento. Tengo que asegurarme de que nadie nos sigue.

–¿Quién nos estaría siguiendo? –preguntó Karim, irritado–. Hay a algunas mujeres que les excita el drama, pero tú lo estás llevando a niveles insospechados. Detén el coche.

–No. Existe la posibilidad de que mi tío haya descubierto que nos hemos marchado. Si detengo el coche, corro el riesgo de perder la ventaja que tenemos.

–¿Se te ha ocurrido pensar que tu tío sólo quiera tu bienestar?

–¿Se te ha ocurrido a ti que no sea así? No me des lecciones, Karim. Fuiste tú el que insististe en que yo necesitaba un guardaespaldas; yo quería marcharme sin ti –dijo ella, conduciendo por una oscura carretera que aparentemente conocía a la perfección–. Elegiste venir conmigo. Eso significa que vas donde yo vaya.

–¿Y dónde es eso?

–Voy a ir con el sultán. Pero por mi propia ruta.

–Espero que no te tengas que arrepentir de esa decisión –dijo él, exasperado por la determinación de ella.

–Mi padre quería que me casara con el sultán.

–Tu padre nunca conoció al sultán actual.

–Cierto. Pero conoció a su padre.

–Quizá deba informarte de que el sultán actual no se derrite por una cara bonita –dijo Karim.

–No importa. Ambos sabemos que el sultán no puede romper el contrato que existe entre nosotros.

–Estoy seguro de que le resultará muy halagador tu entusiasmo por casarte con él.

–No tienes por qué ser sarcástico. Ya te he dejado claro que no estoy fingiendo estar enamorada de él y, por lo que he leído, eso debería ser un cambio agradable en su vida –dijo ella entre dientes–. Parece que siempre ha estado evitando a mujeres agobiantes y eso debe ser muy frustrante.

–No tienes por qué tener lástima del sultán –dijo Karim, arrastrando las palabras–. Él tiene mucha experiencia con mujeres y se sabe proteger solo.

–Bueno, de mí no se tendrá que proteger. Yo soy sincera –dijo ella, acelerando–. Y no voy a fingir estar enamorada de él. Nos vamos a llevar bien.

–¿Y si el casarse contigo le impide casarse con otra mujer?

–¡Oh, vamos, Karim! Tú mismo has dicho que el sultán ha estado toda su vida evitando el matrimonio. Tiene treinta y cuatro años y ha tenido citas con las más bellas mujeres de occidente –Alexa cambió de marcha bruscamente–. Si hubiera alguien con quien se quisiera casar ya lo habría hecho.

–¿Y en qué te has basado para llegar a esa conclusión?

–Él es el sultán. El soberano. Se puede casar con quien quiera.

–Obviamente no, ya que se tiene que casar conmigo. Me temo que la vida es más complicada de lo que tú describes, incluso para el sultán.

–Ya hemos llegado –ignorando el último comentario de él, introdujo el coche en campo abierto.

Entonces detuvo el vehículo y dio las luces tres veces. Al otro lado del campo se vio un fogonazo. Alexa asintió con la cabeza y apagó el motor.

–Tenemos que darnos prisa –dijo, bajándose del coche–. Vamos, no sé cuánto tiempo tenemos.

Karim la siguió y se planteó si había hecho bien acompañándola. La agarró con una mano.

–Ya basta –gruñó–. *Ya basta. Nadie nos sigue.*

–Quizá todavía no, pero lo harán. Tenemos que subir a ese avión –dijo ella–. Vienen, Karim. Ya están de camino, puedo sentirlo.

Karim sintió cómo Alexa se estremecía y él mismo se puso tenso al mirar su bella cara.

–Lo que dices no tiene sentido. Dame una razón por la que deba hacer lo que me pides.

La princesa comenzó a jadear y se apartó de él. Entonces agarró y empuñó la pistola contra su pecho.

–Porque si no lo haces, voy a tener que dispararte. No voy a permitir que *nadie* impida este matrimonio y eso te incluye a ti. Ya hemos perdido demasiado tiempo. Decídete, Karim, pero hazlo rápido.

Con las manos temblorosas, Alexa sujetó la pistola como lo había visto hacer en las películas.

–¿Entonces?

Karim se quedó de pie, sorprendentemente tranquilo. A continuación se acercó y le quitó la pistola.

–Es peligroso jugar con armas que no conoces –dijo.

Ella trató de quitársela, pero él se la metió en la pistolera debajo de su chaqueta.

–La próxima vez que quieras amenazar a alguien, elige un arma que conozcas. Teniendo en cuenta que para ti es muy importante que nos marchemos cuanto antes, será mejor que así lo hagamos.

–Gracias –dijo ella. Debía sentirse aliviada, pero en vez de ello deseó que él hubiera optado por quedarse. Karim era el hombre más perturbador que conocía y no lo quería en su vida.

Sacó un teléfono móvil de su bolsillo y realizó una breve llamada. Inmediatamente las luces de aterrizaje que había en la pista se encendieron y pudieron ver el pequeño avión.

–Están preparados. Rápido.

Mirando por encima de su hombro para ver si veía a alguien siguiéndolos, se apartó de Karim y se apresuró a montarse en el avión sin importarle si él hacía lo mismo o no.

No comprendía por qué aquel hombre le estaba haciendo tantas preguntas.

Era un guardaespaldas y su deber debía haber sido obedecer órdenes en vez de darlas.

Al subir al avión se sentó en un asiento. Sintió cómo se le revolvía el estómago y apenas podía respirar. Karim se sentó a su lado y, al hacerlo, la rozó con el brazo.

Incluso sin mirarlo, sabía que él la estaba mirando a ella. Podía *sentirlo*.

Entonces él suspiró impaciente y se acercó a abrocharle el cinturón de seguridad.

—Gracias —dijo Alexa, sintiendo la boca seca.

Pero no lo miró. No se atrevía.

Tenía que mantener la mente despejada y mirar a Karim la alteraba.

Un hombre salió de la cabina de mando y asintió ante ella.

—¿Está preparada, Su Alteza?

—Sí. Marchémonos, David. Rápido —contestó ella. Pero consciente del riesgo que estaba corriendo él, lo miró dubitativamente—. ¿Estás seguro de querer hacer esto?

—¿Cómo puede dudarlo? —dijo el hombre—. Se lo debemos a la memoria de su padre. Se lo debemos a Rovina.

Karim se echó para atrás en el asiento y miró a la mujer que tenía al lado.

Cuando el avión había despegado, ella se había quedado profundamente dormida. Él todavía no se había recuperado del incidente con la pistola, pero había aprendido dos cosas muy importantes de ello.

La primera era que la princesa Alexandra estaba decidida a casarse con el sultán y la segunda era que ella no era tan dura e independiente como había querido hacerle creer.

Pero la había subestimado y no volvería a hacerlo.

Lo que tenía claro era que la princesa estaba viendo su fortuna amenazada por su tío y, según su experiencia con mujeres, eso podía hacerla comportarse de una manera muy extraña.

Entonces se preguntó quién sería el piloto, del cual le había llamado la atención su devoción y fidelidad. Se dijo a sí mismo que seguramente sería uno de sus amantes.

Decidió que tenía que recuperar el control y aprovechó que ella estaba durmiendo para realizar algunas llamadas telefónicas. Sacó su ordenador de mano y mandó dos correos electrónicos. Cuando estaba volviendo a meterse el ordenador en el bolsillo, sintió la cabeza de Alexa caer sobre su hombro.

Se quedó helado cuando ella se acurrucó en él. El perfume de su precioso pelo rubio cobrizo envolvió todos sus sentidos.

Olía como un jardín inglés en pleno verano.

Sintiéndose incómodo, levantó una mano con la intención de empujarla a su asiento, pero sus dedos se entretuvieron con un mechón de su sedoso pelo. Fuera lo que fuera lo que dijeran de ella, la verdad era que la princesa Alexandra era increíblemente bella. Ningún hombre con sangre en las venas podría ignorarla. Y su sabor...

Irritado por sus pensamientos, apartó la mano del pelo de ella, que siguió durmiendo sobre su hombro.

Trató de relajarse y decidió ignorar la perturbadora reacción de su cuerpo. De vez en cuando la miraba y se preguntó cuándo se despertaría.

La princesa dormía tan profundamente que en un

momento dado tuvo que acercar la cabeza aún más a ella para comprobar que estuviera respirando.

Sólo cuando el avión finalmente aterrizó en Zangrar ella se despertó. Todavía reposando la cabeza en su hombro, lo miró.

Él sintió cómo algo se removía dentro de sí y le puso la mano en la mejilla, tentado de saborearla de nuevo. Irritado, se percató de que había estado en un estado de excitación casi permanente desde que había conocido a la princesa. Apartó la mano y se echó para atrás. Ella hizo lo mismo, aparentemente consternada al ver lo cerca que estaba de él.

–Me quedé dormida... lo siento –dijo. Parecía estupefacta–. ¿Qué hora es?

–Acabamos de aterrizar en Zangrar.

–¿Hemos aterrizado ya? –confundida, miró por la ventanilla–. No es posible.

–¿Por qué no?

–Porque se tardan diez horas de vuelo en llegar a Zangrar.

–Has estado dormida durante diez horas –dijo Karim–. Salimos en medio de la noche. Es normal que estuvieras cansada.

–¿He dormido durante *diez horas*? –dijo ella, impresionada.

–Sin despertarte.

–Pero yo nunca... –sin molestarse en terminar la frase, se mordió el labio inferior y miró por la ventanilla–. Así que, si esto es Zangrar, ¿a qué distancia está Citadel?

Karim sonrió cínicamente. Pensó que ella ya estaba viendo ante sus ojos el oro del desierto.

–Estoy seguro de que al sultán le halagarán tus ansias por casarte con él.

Alexa tardó un momento en contestar y él se preguntó si había oído su comentario.

–Necesito un lugar donde cambiarme. No puedo ir vestida con esto.

«Esto» eran los pantalones oscuros y el jersey negro que se había puesto para salir del palacio, supuestamente para ocultar su identidad. Claramente quería ponerse algo más glamuroso antes de conocer al sultán.

–Al sultán le interesa mucho más la persona que la ropa que ésta lleve. En Zangrar tenemos una tradición... –dijo él en voz baja– cuando una mujer se casa, va vestida con un vestido muy sencillo. Esa sencillez es de gran importancia. Significa que se ofrece ella misma al hombre, su persona, pura y simple. Es simbólico del hecho de que la verdad puede ser ocultada y de que el matrimonio entre un hombre y una mujer debe ser transparente y sincero.

–¿Sincero? –dijo ella, mirándolo a la cara–. ¿Estás sugiriendo que no soy sincera?

–Estoy diciendo que cuando una mujer se entrega a un hombre no debería ocultar nada.

–¿Y qué ocurre cuando un hombre se entrega a una mujer? ¿Cuántas cosas se pueden ocultar entonces? ¿O sólo se aplica a una parte este requerimiento? –dijo Alexa con una sombría expresión reflejada en los ojos–. Todavía no me has contestado, ¿a qué distancia está Citadel?

–Se tardan cuatro días en vehículo. Hay que atravesar montañas y desiertos.

No le dijo que un helicóptero podría llevarlos allí en sólo cuestión de horas y observó con satisfacción cómo algo parecido al terror se reflejó en la cara de ella.

–Zangrar, como país, está todavía muy poco desarrollado –continuó–. El terreno es una mezcla de arena y roca. Cuando se habló de construir un aeropuerto internacional, las opciones eran limitadas. La ciudad fortaleza está a varios días de camino por el desierto.

–¡No! –espetó la princesa, claramente horrorizada ante aquello–. Miré un mapa y parecía que no había tanta distancia.

–Las distancias en el desierto son engañosas.

–No puedo hacer un viaje de cuatro días por el desierto. No es seguro.

Más que contento ante la reacción de ella, Karim se relajó. Como había esperado, la princesa estaba asustada ante la perspectiva de un viaje por el desierto.

–¿Tenemos que ir en vehículo? ¿No hay otra manera de llegar? –preguntó Alexa.

–Lo mejor es ir en un vehículo que tenga tracción a las cuatro ruedas –dijo él–. Los camellos son igualmente efectivos, pero obviamente no son tan rápidos y yo sé que estás deseando ver al sultán lo antes posible. ¿Por qué no te cambias de ropa? –sugirió–. Bienvenida a Zangrar.

Capítulo 4

SIN DECIR ni una palabra, Alexa tomó la pequeña maleta con la que había viajado, se levantó y se dirigió hacia la parte trasera del avión.

Pensó que un viaje de cuatro días por el desierto era demasiado peligroso. No sabía qué era lo que le ponía más nerviosa, si el hecho de estar en un lugar al aire libre en el cual William podía interceptarlos en cualquier momento o el hecho de estar con Karim.

Todavía se sentía avergonzada por haberse apoyado en el hombro de él mientras estaba dormida. No comprendía cómo había dormido tan profundamente. Durante los anteriores dieciséis años jamás había dormido diez horas seguidas. Y le sorprendió que acabara de hacerlo... y lo había hecho *acurrucada en Karim.*

Como muchos otros, él tampoco creía que ella estuviera en peligro, lo que significaba que el peligro era todavía mayor ya que la distraería cuando ella debería estar alerta.

Y él era *extremadamente* perturbador.

Al pensar en la otra razón por la que no quería que Karim viajara con ella, sintió cómo el calor se apoderaba de su cuerpo. No lo quería a su lado ya que le hacía sentirse como una mujer por primera vez en su vida. La manera en la que la miraba le resultaba profundamente perturbadora. Mientras se vestía, se dijo a sí misma que sus sentimientos hacia el arrogante guardaespaldas eran irrelevantes. No importaba lo que ella sintiera, nunca había importado.

Todo lo que importaba era llegar sana y salva a Citadel y casarse con el sultán.

Una vez se hubo tranquilizado, regresó a la parte delantera del avión. Iba vestida con unos pantalones de camuflaje color tierra y unas botas bajas de ante. Sintió una leve satisfacción al ver la expresión que esbozó Karim al verla.

–¿Qué ocurre? –preguntó, dejando la maleta al lado de su asiento–. ¿Estabas esperando que me hubiera puesto tacones y una tiara? No te creas todo lo que oyes de mí, Karim. Sabía que por lo menos íbamos a tener que realizar un pequeño viaje por el desierto y me he vestido adecuadamente. Lo que no sabía es que van a ser cuatro días de viaje. Necesito un poco de tiempo para alterar nuestro itinerario.

–Ya he realizado los arreglos necesarios –dijo él de manera autoritaria.

–*Yo* realizo los planes.

–No cuando viajes conmigo. Yo soy tu guardaespaldas y tienes que hacer lo que yo te diga. Irás donde yo vaya y dormirás donde yo duerma.

–De ninguna manera. Antes prefiero viajar sola –explotó ella.

–Hasta los locos cruzan el desierto de Zangrar con un guía.

–Pero sólo una persona que está completamente loca confía su vida a otra.

–¿Dudas de mi habilidad para protegerte? –preguntó Karim, levantando una ceja–. No tienes por qué dudar. Vas a estar muy segura.

–¿Cómo voy a estar segura cuando tú ni siquiera crees que estoy en peligro? ¿Cómo vas a protegerme de una amenaza que te niegas a admitir?

–Llevo el desierto en la sangre. Si alguien nos sigue, lo sabré.

Impotente, Alexa se quedó mirándolo. Quería negarse, pero tenía que afrontar los hechos... de ninguna manera podría realizar un viaje de cuatro días por el desierto sin ayuda experta.

–¿Conoces bien el desierto?

–Me podrías dejar con los ojos vendados en medio de él y yo podría regresar a Citadel sin problemas.

–Está bien, tú establecerás la ruta –dijo ella a regañadientes, pensando que él era muy arrogante–. Viajamos juntos.

Dos horas después comenzó a sentirse aliviada de no haber intentado viajar sola. El desierto era enorme y, aunque la carretera estaba despejada, también estaba expuesta. No habría podido conducir y vigilar al mismo tiempo. No había lugar donde esconderse ni donde correr.

–¿Puedes conducir más deprisa?

–No... si quieres llegar con vida ante el sultán –contestó Karim, que conducía tranquilamente y con gafas de sol–. Si tu tío está tan desesperado por evitar esta boda, me sorprende que tú misma no hayas tenido dudas.

–Es lo que tengo que hacer –dijo ella, incómoda al sentir el cuerpo de él tan cerca del suyo. Miró al frente y pensó que era extraño hablar de su boda mientras sentía aquella atracción sexual hacia otro hombre–. Para ser un guardaespaldas hablas mucho.

–En nuestro país la inteligencia es una aptitud tan importante como la fortaleza física; ambas son necesarias –dijo Karim, sonriendo débilmente–. El cazador no puede cazar si no encuentra a la presa primero.

Alexa se estremeció. Durante los anteriores dieciséis años de su vida ella misma había sido la presa de alguien.

Miró el espejo retrovisor en busca de otros vehículos y, tras hacerlo, trató de relajarse mirando el paisaje. Le llamó la atención el bonito color dorado de las dunas.

–Como mi pelo –murmuró.

–¿El qué? –preguntó Karim, mirándola.

–El desierto. Es del mismo color –dijo ella, impresionada ante tanta belleza. Durante un momento se olvidó de William–. Es increíble. Fabuloso. No sabía que hubiera tantos colores. Es sólo arena, pero... –entonces miró una empinada duna– no sabía que podían ser tan altas.

–Claramente nunca antes has estado en el desierto.

–Nunca antes había ido a ningún otro sitio –Alexa se sentó erguida cuando el vehículo se sacudió debido a una irregularidad en el suelo–. Esta carretera es mejor de lo que yo esperaba.

–Sí, cuando puedes verla. Cuando hace viento, la arena la tapa completamente.

–¿Cómo encuentras el camino cuando eso ocurre?

–Con un equipamiento moderno. Y si eso me falla, confío en la experiencia y en formas más tradicionales de guiarse.

–¿Como cuáles?

–La posición del sol, la dirección del viento, el olor del aire –dijo Karim, encogiéndose de hombros–. El desierto te dice muchas cosas si estás dispuesto a escuchar. ¿Pero por qué me lo preguntas...? Pretendías atravesarlo tú sola. Supongo que tienes todas estas habilidades, ¿no?

–Hubiera estado bien –dijo ella, distraída por algo que vio en el horizonte–. Hay algo moviéndose, puedo ver algo –se le aceleró el corazón.

–Es una caravana de camellos... la manera en la que mucha gente todavía elige atravesar el desierto.

–¿Camellos? –repitió Alexa, mirándola–. Podemos acercarnos.

–¿Quieres ver un camello de cerca?

–¿Supone eso un problema?

–No, pero es sorprendente –dijo él, incrédulo–. Estar cerca de un camello no sería de gran agrado para muchas mujeres.

–Quizá no, pero la mayoría de las mujeres no han estado atrapadas toda su vida en un mismo lugar. ¿Te haces una idea de cómo puede ser ver el animal en carne y hueso tras haberlo visto en una fotografía?

–¿Me estás diciendo que nunca antes habías salido de Rovina?

Alexa no comprendía por qué le había revelado a él aquel detalle; sabía perfectamente que era mejor no confiarle a nadie ese tipo de cosas y no contestó.

–Es obvio que tu tío te protege muchísimo –continuó Karim, ignorando la falta de respuesta de ella–. Deberías estar agradecida de que se preocupe tanto por ti. ¿No sientes que le hayas traicionado al haberte escapado en mitad de la noche?

–Si siempre te fías de la gente, entonces no vas a

ser de gran ayuda como guardaespaldas. Simplemente digamos que mi tío y yo no estamos de acuerdo sobre mi futuro.

–En un año te convertirás en reina. Supongo que él cree que debes estar en palacio y que debes aprender todo lo necesario para tu nueva posición.

Alexa echó la cabeza para atrás y cerró los ojos. Recordar Rovina y a William habían acabado con su entusiasmo sobre el desierto y, repentinamente, se sintió enferma.

Miró a Karim y pensó que su oscura piel dejaba clara su procedencia. Era sorprendentemente guapo y más masculino que ningún otro hombre que ella hubiera conocido antes...

–Deja de mirarme –dijo él, arrastrando las palabras–. ¿O es que el calor del desierto te está alterando la sangre? Tiene ese efecto en algunas personas. Estar en el desierto es regresar a la vida en su versión más básica y primitiva.

Avergonzada, la princesa se ruborizó y apartó la mirada.

–No te estaba mirando.

–Una vez te cases con el sultán, vas a tener que esconder el hecho de que te sientes atraída por otros hombres.

–Yo no me siento atraída por ti.

–Me estabas mirando como si fuera tu amante, de la misma manera en la que me miraste anoche cuando entraste en mi habitación.

Alexa nunca había tenido ese tipo de conversación con nadie...

–Fui a tu habitación a buscar mi pasaporte. Y *no* te estaba mirando como miraría a mi amante. Créeme.

Ella nunca había tenido un amante y no había querido tenerlo... *hasta aquel momento*.

Reconocer aquello la impresionó. Había confiado en un hombre sólo una vez y había pagado el precio con creces.

Intentando ignorar cómo la hacía sentir Karim, miró por la ventanilla.

–Trata de mantener la calma –le aconsejó él–. No puedes ser atrevida y luchadora un momento y al siguiente estar avergonzada.

–Eso depende del tema de conversación –dijo ella, enfadada por el comentario de él.

Karim la miró brevemente y esbozó una leve sonrisa.

–Pensar en el sexo es perfectamente normal y aconsejable entre personas de cierta edad, ¿no estás de acuerdo?

–¡No, no lo estoy! Y yo no estoy pensando en el sexo –dijo ella, sintiendo cómo le quemaba la pelvis y cómo le daba un vuelco el estómago. Repentinamente no pudo pensar en otra cosa que no fuera sexo. Y no en cualquier tipo de sexo, sino en *sexo con... Karim*.

Sintiéndose al borde de la desesperación, miró las bronceadas manos de él. Karim conducía con soltura, pero sabía que mantenía el control de la situación. Y entonces su caprichosa mente se imaginó esas mismas manos acariciándole el cuerpo y se sintió invadida por la pasión...

–¿Funciona el aire acondicionado?

–¿Tienes calor, *habibati*? –preguntó él, esbozando una dura mueca. Era evidente que tampoco le gustaba aquella química sexual entre ambos–. ¿Te preocupa tener pensamientos sobre otro hombre a pocos días de tu boda? Es inconveniente, estoy de acuerdo.

–No estoy pensando en ti en absoluto.

–¿No?

–No. Y si crees eso, estás equivocado.

–Soy sincero, Su Alteza, pero me doy cuenta de que la sinceridad no es una característica que posean muchas mujeres, sobre todo cuando quieren conseguir lo mejor.

–Me voy a casar con el sultán en cuatro días.

–Exacto –dijo él, mirándola–. Deberías ahorrarte esas miraditas incitantes para tu noche de bodas.

–No quiero seguir hablando de esto –dijo Alexa, que no deseaba pensar en su noche de bodas.

–¿Por qué? Es el futuro que tú misma has elegido. ¿Por qué no querrías hablar de ello? –dijo Karim, volviendo a centrar su atención en la carretera–. Hubiera pensado que te interesaría saber cosas del sultán.

Alexa tenía el corazón revolucionado y la boca seca, pero pensó que quizá hablar del sultán le hiciera volver a la realidad.

–Está bien. Háblame de él –dijo, deseando dejar de pensar en la química sexual que les rodeaba.

–Es el típico hijo único.

–¿Está demasiado consentido?

–Yo estaba pensando más en el hecho de que es una persona que desarrolla al máximo su potencial y que quizá se encuentra mejor cuando está solo.

–La gente debe esforzarse mucho para cumplir sus deseos. Debe ser difícil. Seguramente esté rodeado de gente que dice lo que él quiere oír y él no podrá confiar en ninguno de ellos porque todos tienen sus propios planes –dijo Alexa.

–Si comprendes tan bien las complicaciones de la realeza, estás claramente interesada en más cosas que no sean sólo zapatos y ropa –dijo Karim tras un rato. Estaba tenso.

–He vivido en un palacio toda mi vida, así que sé cómo es sentirse bajo escrutinio todo el día. Todo lo que haces es analizado y revisado por la gente. Supongo que no será distinto para el sultán. Todo versa sobre la política y las estratagemas, sobre convencer a la gente de que piensen esto o aquello y lograrlo de una manera sutil.

–La palabra «sutil» no se aplica al sultán. Él da una orden y se cumple de manera inmediata. Así es como funcionan las cosas en Zangrar.

–¿Nadie discute con él?

–Nadie se atrevería. A él no le gusta gobernar por consenso.

–¿Pero a ti te agrada?

–Nadie me había preguntado eso antes –dijo Karim, frunciendo el ceño.

–La respuesta es sí o no.

–En ese caso, probablemente la respuesta es no. Creo que no me agrada. Y hay ocasiones en las que me cae peor que cualquier otra persona que conozco. Es demasiado autocrático, muy dominante e inquietantemente posesivo.

–Eres muy sincero –dijo Alexa, impresionada.

–Pensaba que querías saber la verdad.

–Así es, pero de todas maneras... ¿no te preocupa que le vaya a contar lo que realmente crees de él?

–No, por dos razones –dijo Karim, riéndose–. La primera es que cuando estés con el sultán, él no va a esperar ni a querer mantener ningún tipo de conversación contigo. Y segunda, al sultán no le interesa ni desea agradar a la gente. El respeto... eso es otra cosa.

–¿Así que tú le respetas?

–Ambos compartimos una visión similar de Zangrar.

–¿Y tú crees que él es el hombre que llevará esa visión a la realidad?

–Sin duda. Al sultán no le agrada la posibilidad de fallar.

–Bueno, eso está bien. Si desea mucho algo, está preparado para conseguirlo.

–Pero actúa así con todo. Él decide lo que es importante y persigue conseguirlo a toda costa. Nunca falla, quizá quieras recordarlo.

–Espero serle de alguna utilidad.

–De eso que no te quepa ni la menor duda –dijo Karim.

Alexa se sintió un poco intranquila, pero decidió ignorar lo que implicaban aquellas palabras.

–Yo podré ofrecerle una opinión imparcial.

–¿Crees que al sultán le interesará tu opinión? –dijo él, riéndose–. Esto es Zangrar, Alexa. Las expectativas que tiene el sultán de ti no traspasan las paredes del dormitorio.

–No seas ridículo.

–Lo que estoy siendo es sincero. Está claro que no has pensado en lo que ocurrirá tras la boda.

La princesa se puso tensa. Aquello era cierto.

–Como su esposa, le seré de utilidad para muchas cosas.

–Sólo habrá una cosa que le interese al sultán –afirmó Karim–. Pero no debes preocuparte. Como descubrí anoche, eres una mujer extremadamente sensual. Estoy seguro de que serás capaz de mantenerlo satisfecho... siempre y cuando descanses mucho mientras él trabaja.

–Ahora sí que estás *siendo* ridículo.

–Al contrario; el sultán es una persona que tiene una agenda muy apretada. Tiene poco tiempo para relajarse e incluso menos tiempo para hacer ejercicio físico, así que estos días tiende a combinar ambos. Tiene un gran apetito sexual, pero a ti eso no te debería resultar un problema. Claramente eres una mujer con mucha energía. Cuanto más te conozco, más me convenzo de que este matrimonio va a ser todo un éxito.

–El sultán y yo compartiremos muchas más cosas aparte del sexo –dijo Alexa fríamente, ignorando cómo se le estaban revolviendo las tripas–. El entorno del que provengo no es tan diferente al suyo. Estoy segura de que una vez lo comprenda, seré capaz de ayudar en muchas maneras.

–El sultán no te exigirá que lo comprendas. Y no busca ayuda en nadie. Como ya te he dicho, tu papel será únicamente de... –Karim hizo una pausa para encontrar la palabra adecuada... – recreo.

–No puedes saberlo –dijo ella, echándose para atrás en su asiento–. Para empezar, ni siquiera me ha conocido. Quizá yo no le resulte atractiva.

–Al sultán le interesa mucho la prensa internacional –dijo él–. Como mucha gente, ya conoce muy bien tus encantos.

–Aquellas fotografías fueron tomadas sin mi permiso. Fue un montaje –aclaró Alexa, sintiendo cómo se le revolvían las tripas al recordar todo aquello.

–¿No estabas con aquel hombre?

–Sí, estaba con él, pero...

–No me tienes que dar ninguna explicación. Y, en

lo que se refiere al sultán... –Karim se encogió de hombros– no sé cuál es su opinión sobre ello, pero seguramente no sea buena idea sacar el tema. Aunque claro, tener a una mujer con tanta experiencia en la cama significará que no se sentirá obligado a ponerle freno a su apetito sexual. ¿Estoy conduciendo demasiado rápido para tu gusto?

La princesa se preguntó si él había adivinado que repentinamente ella deseó que estuvieran conduciendo en dirección contraria. ¡No quería pensar en estar en la cama del sultán!

–Quizá el sultán y yo nos llevemos muy bien. ¿Lo conoces desde hace mucho? –quiso saber, mirando a Karim y preguntándose por qué éste sonreía.

–De toda la vida.

–¿Erais amigos de pequeños? –preguntó ella, suponiendo que serían de la misma edad.

–Algo parecido.

–¿Así que lo conoces bien?

–Demasiado bien. Conozco de cerca sus rasgos de personalidad más irritantes.

–¿Por ejemplo?

–La lista no tiene fin. Es demasiado intolerante con los errores de los demás. Es impaciente y se enfada fácilmente. Es arrogante y muy pocas veces, por no decir nunca, cree que otra persona puede entender o manejar las situaciones que se presentan tan bien como él.

–Quizá tenga razón.

Karim frunció el ceño.

–No le estaba haciendo ningún cumplido.

–No, ya me he dado cuenta. Pero si él es tan inteligente como dicen, entonces es posible que sea cierto que nadie pueda manejar las situaciones tan bien como él.

–Eso es una valoración muy amplia –dijo él.

–O quizá sólo sea una valoración alternativa. A veces las apariencias engañan. ¿Qué más? ¿Qué le importa a él?

–La sinceridad y la fidelidad. ¿No te preocupa eso, Alexa?

–No, yo aprecio esas mismas cualidades.

–¿De verdad? ¿Qué sinceridad hay en casarse con un hombre al que no amas?

–Una total sinceridad ya que no estoy fingiendo amarlo. Significa que tanto el sultán como yo sabemos lo que hay. No hay mentiras y creo que es un buen comienzo. Tengo confianza en que podamos lograr que esto funcione.

–Pero aun así no tienes ni idea de lo que el sultán espera de su esposa.

A Alexa no le importaba. Una vez estuviera viviendo segura en el palacio, todo lo demás era irrelevante. Estaba convencida de que podrían hacer que aquel matrimonio funcionara.

–Seré una buena esposa.

–Así que estás dispuesta a hacer lo que sea con tal de poder tener acceso a su riqueza, ¿verdad?

No, a su riqueza no. A su protección.

–¿Tiene el sultán sentido del humor? –quiso saber la princesa.

–Desde que su padre muriera hace tres años, ha habido demasiados problemas en Zangrar, ninguno de los cuales han sido causa de risa.

–Disputas sobre el petróleo y problemas con un proyecto de riego –dijo ella, percatándose de lo sorprendido que estaba él–. Sé leer, Karim. Salió un artículo en internet. El sultán se toma muy en serio sus responsabilidades.

–El futuro de Zangrar y de su gente dependen de él.

–Tengo bastante confianza en que el sultán y yo podamos tener un matrimonio armonioso.

–El sultán no es alguien que pueda estar casado armoniosamente con nadie –dijo Karim, deteniendo el vehículo de repente y mirando al cielo.

–¿Qué ocurre? ¿Dónde estamos? ¿Y dónde está la carretera?

–Debajo de la arena. Está comenzando a hacer viento. El tiempo no parece tan estable como me gustaría.

–¿Qué estás diciendo? ¿Es esto una tormenta de arena? –quiso saber ella, mirando al cielo, que estaba muy azul–. A mí me parece que está bien.

–Por el momento. El tiempo cambia muy rápidamente en el desierto. Nos detendremos aquí un rato para descansar.

–No lo hagas por mí –dijo la princesa, mirando por encima de su hombro para comprobar que no hubiera otros vehículos alrededor–. No tengo ningún problema en seguir adelante.

–Es importante descansar regularmente y beber es crucial –dijo él, abriendo la puerta del coche.

Alexa sintió cómo una bocanada de aire caliente entraba en el coche.

–No me había percatado de lo efectivo que es el aire acondicionado. Hace calor.

–Esto es el desierto, Su Alteza. Aquí las temperaturas pueden llegar a alcanzar los cincuenta grados. Sin agua, un ser humano no aguantaría demasiado. Espera ahí; te abriré la puerta.

–No necesito ayuda para salir de un coche, Karim –dijo ella, abriendo su puerta.

Estaba a punto de poner el pie en el suelo cuando él se acercó y la agarró por las caderas. La alzó en el aire.

—Te dije que *esperaras*.

—Y yo te he ignorado. No sé con qué clase de mujer te sueles relacionar, pero yo soy de las que se pueden bajar de un coche sin ayuda —dijo Alexa, deseando que él retirara las manos de sus caderas. Sintió cómo su cuerpo se derretía—. ¿Qué estás haciendo?

—Evitar que puedas morir —contestó él con dureza—. Nunca debes pisar el suelo del desierto sin antes haber comprobado que no haya serpientes.

—¿Serpientes? —dijo ella, que no podía concentrarse en nada más que en el masculino cuerpo de Karim.

—Ésta es su casa. Durante el día están adormiladas y frecuentemente son más peligrosas. No les gusta que las molesten.

Al comprobar que no había serpientes alrededor, bajó a la princesa muy despacio. Ella sintió cómo todo su cuerpo se derretía al acariciar el de él.

Durante un momento se quedaron el uno frente al otro y Alexa no pudo moverse ni respirar. Se preguntó qué tendría aquel hombre para causar tal efecto sobre ella.

—No estoy acostumbrada a las normas del desierto —dijo, forzándose en apartarse de él.

Karim la soltó sin oponer resistencia.

—Si yo no te protegiera bien, el sultán no me lo perdonaría.

—¿Qué aspecto tienen estas serpientes? —preguntó Alexa, sintiendo un desesperante calor en la entrepierna—. ¿Se camuflan muy bien?

–Extremadamente bien –contestó él con el enfado reflejado en la voz.

–¿Y ahora qué? –quiso saber ella, dando un paso atrás.

–Vamos a comer y a beber –dijo Karim, introduciendo la mano en el coche y sacando una cantimplora. Se la acercó a ella–. Agua. Es otra parte esencial de la supervivencia en el desierto. Con este calor, debes beber.

Alexa agarró la cantimplora y, al hacerlo, sus dedos rozaron los de él. Casi se le cae el agua al suelo.

–Esta llamada «carretera» no es muy utilizada, ¿verdad? –tratando de controlar el temblor de sus manos, la princesa se llevó la cantimplora a la boca. Volvió a mirar por encima de su hombro, tal y como había hecho en repetidas ocasiones–. Obviamente no hay mucho tráfico entre el aeropuerto y Citadel.

–Ésta es una de las varias carreteras que hay. ¿Tienes hambre? ¿Quieres comer?

–No, gracias –contestó ella, que tenía el estómago tan revuelto que sabía que no iba a ser capaz de comer nada–. Hace calor.

–Sí, desde luego. Incluso dentro de la fortaleza las temperaturas pueden alcanzar los cincuenta grados. A muchas mujeres occidentales el polvo y el calor les resultan intolerables. Tú has vivido protegida en un palacio con aire acondicionado.

¿Protegida? Karim no sabía de lo que estaba hablando.

–El calor no me preocupa –dijo Alexa, que tuvo la sensación de que él quería que le preocupara.

–Deberíamos ponernos en marcha. Tenemos un largo camino que recorrer antes de que anochezca –dijo él, poniendo la cantimplora de nuevo en la neverita.

–¿Dónde vamos a dormir?

–En el desierto, Alexa, ¿dónde si no? –contestó, abriéndole la puerta del coche. Esbozó una leve sonrisa–. Te puedes tumbar de espaldas, mirar las estrellas y soñar con el sultán. Aprovecha para descansar ahora que puedes.

Capítulo 5

LEGARON a las tiendas de campaña justo cuando estaba anocheciendo y el polvo se estaba levantando.

Karim estaba sufriendo de tensión física y psíquica. No estaba seguro de quién había resultado más afectado en el viaje. Había sido largo y había hecho mucho calor.

Su plan para hacer que ella dudara de su boda con el sultán había fracasado estrepitosamente, a lo que había que sumar que había sufrido de un estado de excitación casi permanente. Se sentía bajo una gran tensión sexual.

En un momento dado, ella se había quedado dormida y él había sido incapaz de despertarla. Entonces aparcó el coche frente a las tiendas de campaña y, exasperado, la miró.

Parecía que todo lo que hacía ella era dormir. Claramente su ajetreado estilo de vida le estaba pasando factura.

Esbozó una mueca y se dijo a sí mismo que si aquella mujer se convertía en reina de Zangrar sería un desastre. Tenía que evitarlo a toda costa.

–Alteza –dijo, empleando un tono de voz más duro a continuación–. *Alexa*.

Ella abrió los ojos y él se perdió en su hermosa mirada. Pero apartó la vista y agarró el volante con fuerza.

–Hemos llegado.

–¿Hemos llegado? –dijo ella, estirándose y sentándose erguida–. ¡Oh, Dios mío... deberías haberme despertado!

–Estabas cansada. Vamos a pasar aquí la noche.

–Pareces enfadado –Alexa se apartó el pelo de la cara y miró por la ventanilla–. No me puedo creer que me haya vuelto ha quedar dormida.

–Obviamente has estado acostándote muy tarde durante demasiadas noches.

–Simplemente no dormía bien en casa.

–El calor en el desierto puede ser agotador.

–Deberías haberme despertado y dejado que condujera.

–No había ninguna necesidad –dijo él, que consciente de los accidentes de tráfico que había sufrido ella no pretendía dejarla conducir.

–Estoy tan aliviada de que no haya señal de mi tío –dijo Alexa, mirando por encima de su hombro.

–¿De verdad crees que tu tío nos va a seguir?

–Quizá no lo haga él mismo, pero mandará a sus hombres –la princesa lo miró a los ojos–. Si él puede evitar esta boda, lo hará.

Sufriendo un casi insoportable ataque de tensión sexual, Karim deseó que William hubiera tenido más éxito en sus técnicas de persuasión.

–Nos quedaremos aquí esta noche. Es un abrevadero natural para camellos –dijo, deseando que ella cambiara de idea sobre su boda con el sultán ya que si no, se iba a volver loco.

–No sabía que los árboles crecían en el desierto –dijo ella, mirando por la ventanilla.

–Son palmeras datileras. Incluso en el desierto más árido hay agua.

–¿Qué hay por aquí normalmente?

–Tribus del desierto y turistas que quieren descubrir el «verdadero» Zangrar –contestó Karim, abriendo la puerta del vehículo.

Inmediatamente se les acercó un hombre que se puso de rodillas. Tenso, Karim le habló con calma y observó cómo el hombre se levantaba y se retiraba.

Alexa salió del coche y se acercó a él, impresionada ante el comportamiento del hombre.

–¿Por qué ha hecho una reverencia? ¿Qué le has dicho?

–Desafortunadamente ha adivinado que tú eres la princesa que se va a casar con el sultán. Le he dicho que no queremos que se sepa tu identidad.

–Karim, tengo el aspecto de cualquier otro turista. ¿Cómo puede haber sabido quién soy?

–La boda es un evento de importancia para los habitantes de Zangrar. Todo el mundo sabe de tu existencia.

–Pero si él lo sabe...

–Será discreto. No te preocupes por él –la tranquilizó Karim, sacando la maleta de ella del coche–. Las comodidades aquí son básicas, pero podrás darte un baño en la piscina que hay detrás de los árboles. Simplemente ten cuidado con la fauna local.

Alexa asintió con la cabeza.

–Mi tío ya sabrá que nos hemos marchado. Nos estará siguiendo –dijo.

–Tal perseverancia por su parte debe hacer que te plantees si esta boda es un error –dijo Karim antes de acercarse a las tiendas de campaña e indicarle que lo siguiera–. ¿No crees que él se preocupa por ti?

–No.

–Pero tu tío tiene mucha más experiencia en la

vida que tú y te conoce bien. Se ha preocupado por ti desde la muerte de tus padres. Debe preocuparle verte involucrada en un matrimonio que cree que no te hará feliz.

Alexa no contestó y Karim suspiró. Se dijo a sí mismo que aunque parecía que hasta el momento no había influido en su decisión de casarse, todavía tenían por delante tres días de viaje por el desierto...

Pero cuando la guió dentro de la tienda de campaña, ella se dio la vuelta hacia él.

—Tengo un mal presentimiento sobre esto —le dijo con la ansiedad reflejada en la cara—. Creo que deberíamos descansar un rato y después seguir con nuestro trayecto.

—No estás al mando, Alexa.

—Yo podría conducir mientras tú duermes.

—Eso sería una tontería. Ambos dormiremos aquí.

—¿Y si mi tío ya nos está siguiendo la pista?

—Yo te protegeré —dijo Karim, que no estaba realmente preocupado ante aquello.

—¿Cómo vas a ser capaz de protegerme teniendo en cuenta que no crees que haya ninguna amenaza? Admítelo, crees que soy una histérica.

—Algunas mujeres son más nerviosas que otras —dijo él, que no vio razón para mentir.

—¿Te parezco nerviosa? —preguntó ella—. Lo que ocurre es que algunas mujeres *tienen* razones para estar más nerviosas que otras. Quizá debas recordarlo antes de que te alejes demasiado de tu pistola.

—Estoy dispuesto a creer que tu tío no quiere que se celebre este matrimonio, pero estoy seguro de que está pensando solamente en ti. Tú eres la próxima reina de Rovina. Claramente él no piensa que éste sea un buen momento para que dejes el país, pero eso no significa que vaya a llegar a los niveles que sugieres. Eso sería contraproducente.

Ella mantuvo silencio durante un momento y él se percató de que estaba a punto de contarle algo importante. Entonces apartó la vista.

–Está bien. Si piensas que no deberíamos viajar de noche, no lo haremos –se conformó Alexa.

–Estás siendo excepcionalmente cooperativa. Si estás pensando en ir tú sola por el desierto, debo advertirte de que vamos a compartir la tienda de campaña. No vas a ir a ningún sitio sin que yo lo sepa y te autorice.

–¿Que vamos a compartir una tienda de campaña? ¿Por qué querrías compartir mi tienda?

–Tu seguridad es mi responsabilidad. Mi labor es ir a cualquier lugar contigo.

–Pero aun así no crees que mi tío suponga una amenaza –dijo ella. Parecía sospechar...

–Creo que tú estás preocupada –dijo Karim–. Y espero que mi presencia te tranquilice.

–Oh –dijo ella, dejando claro con su tono de voz que había esperado una respuesta diferente–. Bueno, supongo que eso es mejor que nada. Si insistes en pegarte a mí como si fueras una lapa, entonces sígueme a la piscina. ¿Vas a nadar?

–No –contestó él, sintiendo cómo se le calentaba la sangre en las venas con sólo pensar en estar en el agua semidesnudo con aquella mujer.

–Pensaba que tu obligación era ir donde quiera que fuera yo.

Durante un momento se quedaron mirando a los ojos el uno al otro y Karim trató de controlar la lujuria que se había apoderado de él.

–Te observaré mientras te bañas.

–Está bien.

Enfadado consigo mismo, Karim se dirigió hacia la salida de la tienda de campaña. Pero al llegar a la entrada se dio la vuelta. *Lo último que quería era verla nadando desnuda.*

–¿Estás segura de que quieres nadar? Quizá preferirías descansar antes de cenar... o dormir otra vez.

–Acabo de dormir. Me voy a bañar. Cuando estés preparado, dímelo –dijo la princesa, abriendo su maleta y sacando una pequeña toalla–. No tengo bañador ni nada. Me bañaré en ropa interior.

Alexa se metió bajo el agua y se arrepintió de su decisión de bañarse. La piscina había parecido ser un buen antídoto contra el calor y el polvo del viaje, pero lo que no había tenido en cuenta era el impacto de estar semidesnuda delante de Karim. Se sintió enferma.

Pero él ni siquiera estaba mirando. Le estaba dando la espalda mientras aparentemente miraba algo en el horizonte.

Tuvo que reconocer que por lo menos él había logrado que estuviera un poco más tranquila y, por primera vez en su vida, pudo vislumbrar cómo sería el no sentirse completamente sola.

Salió del agua y se quedó helada al ver movimiento...

–Karim...

–¿Sí? –dijo él sin darse la vuelta.

–Creo que ésta debe ser una de esas ocasiones en las que necesito que me salves. Si no te vas a dar la vuelta, entonces tengo que tomar prestado tu puñal. Tenemos una visita.

Karim se dio la vuelta rápidamente y acercó su mano al peligro. Entonces vio la serpiente...

–No te preocupes. No es peligrosa.

–¿De verdad? ¿Cómo puedes saberlo?

–Por la mancha que tiene detrás de la cabeza.

Alexa se puso de rodillas para poder ver de cerca a la serpiente. Estaba fascinada.

–Nunca antes había visto una de verdad. El camuflaje es impresionante; es del mismo color que la tierra. Casi no la distingo –entonces tocó las escamas de la serpiente.

El reptil se alejó de allí a toda prisa y Alexa levantó la mirada. Vio la incredulidad que reflejaban los ojos de Karim.

–¿Qué ocurre? –preguntó.

–Era una serpiente.

–Sí.

–Una serpiente *larga*.

–Una serpiente larga que, según tú, no era peligrosa.

–La has tocado.

–Sí... estaba muy seca. Increíble. No estaba pegajosa.

–A las mujeres no suelen gustarles mucho los reptiles.

–Quizá yo me haya relacionado con más reptiles que la mayoría de mujeres –dijo Alexa.

–No te pareces en nada a cualquier otra mujer que haya conocido.

–Simplemente no me dan miedo las serpientes –dijo ella, sin saber si aquello había sido un cumplido–. Supongo que a cada uno le asustan cierto tipo de cosas. ¿Quieres tener que tratar con una mujer histérica? Si no, creo que me voy a vestir. Me siento un poco vulnerable estando aquí de pie medio desnuda.

Con el fuego reflejado en los ojos, Karim bajó la mirada de su cara a sus pechos. Inmediatamente ella deseó no haber dirigido la atención a su estado de semidesnudez. Entonces él bajó la mirada hacia sus braguitas. Consciente de que su húmeda ropa interior en realidad la dejaba completamente expuesta, se dio la vuelta y se puso sus pantalones, momento en el cual alguien gritó desde las tiendas.

–Viene gente –dijo Karim, acercándole la camisa–. Vístete.

–Lo hago lo más rápido que puedo, créeme –dijo ella, poniéndose la camisa y abrochándosela. Volvió a sentirse muy caliente, pero supo que no tenía que ver con el clima, sino con Karim.

Él estaba tan cerca de ella que casi se estaban tocando y no podía pensar en otra cosa que no fuera en su cuerpo...

Se preguntó qué le estaba ocurriendo. No quería ningún hombre en su vida, no quería ni que la protegieran ni tener ningún tipo de relación. Se iba a casar con el sultán por razones muy distintas, porque se lo debía a la gente de Rovina.

Entonces sintió cómo el desasosiego se apoderaba de ella al darse cuenta de la realidad de la situación en la que se encontraba; se iba a casar con un hombre que no conocía y aquel detalle había cobrado un significado diferente.

Y ella sabía por qué.

Miró a Karim y pensó que repentinamente el sexo parecía importante ya que, por primera vez en su vida, era consciente de que era una *mujer*. Él había despertado su sexualidad.

Pero todo aquello no importaba. Se iba a casar con el sultán ya que su vida dependía de ello.

–Te acompañaré a la tienda de campaña. Tendrás tiempo de descansar antes de cenar –dijo él con frialdad–. Duerme un poco. Yo te avisaré cuando la comida esté preparada.

–No necesito dormir –contestó Alexa. Necesitaba estar alerta.

–Entonces por lo menos descansa –dijo Karim, frunciendo el ceño como si la respuesta de ella le hubiera enfadado–. Estaré fuera de la tienda de campaña, junto a la puerta.

La reacción que había tenido Karim ante ella no tenía sentido. En un momento dado había estado a punto de quitarse la ropa y de meterse con ella en la piscina.

Frunciendo el ceño, recordó que durante el viaje había habido momentos en los cuales...

Apartó aquello de su mente y centró su atención en el paisaje que tenía delante. Se recordó a sí mismo que su objetivo era mostrarle a la princesa los horrores del desierto. Pero hasta aquel momento no estaba teniendo mucha suerte.

El comportamiento que había tenido ella ante la serpiente al saber que no era venenosa había sido decepcionante ya que no había mostrado ni el miedo ni la repulsión que él había esperado.

Preguntándose qué podría hacer para ponerla nerviosa, pensó que aquella situación era muy irónica ya que, por primera vez en su vida, había conocido a una mujer que parecía sentirse como en casa en aquel duro entorno.

Entonces cerró los ojos, frustrado ante su propia incapacidad para controlar su libido.

El hecho de que ella pareciera estar cómoda con el calor, con el polvo y con la fauna del lugar, no era suficiente para convertir a la «princesa rebelde» en una esposa adecuada para él.

Abrió los ojos y miró por encima de su hombro a la tienda de campaña. Se preguntó qué estaría haciendo ella.

Quizá estaba durmiendo.

O quizá estaba tumbada sobre la cama soñando con las riquezas que le esperaban en Zangrar.

Sintiéndose más fresca tras haberse bañado y vestida con un traje de lino azul que le llegaba a los tobillos, Alexa salió de la tienda de campaña y se encontró con Karim.

–Van a servir la cena alrededor de las hogueras. Ello mantiene a la fauna alejada –dijo él con dureza.

Parecía que a Karim no le había hecho mucha ilusión verla y a ella le consternó cuánto le decepcionó darse cuenta de ello.

–Me gusta bastante la fauna. Es muy interesante. ¿De qué animales estamos hablando?

Karim miró el vestido de ella y sus sandalias de tiras.

–De los que se excitan cuando ven un par de pies desnudos –dijo.

–¿Estás tratando de asustarme, Karim? Parece que todo lo que haces es contarme los peligros del desierto.

–Pero claramente *no* estás asustada.

–Me encanta –dijo ella, mirando a su alrededor–.

Me encanta todo lo que lo compone. Los colores, la soledad, la inmensidad del lugar, la cual te recuerda lo pequeño e insignificante que eres... –entonces se encogió de hombros, avergonzada ante su arranque de sinceridad–. Nunca antes había salido de Rovina. No tenía mi pasaporte conmigo desde los ocho años.

–¿Fue entonces cuando murieron tus padres?

Durante un momento la mente de la princesa se vio invadida por imágenes que la paralizaban...

–¿Alexa?

–Sí –logró decir ella–. Mi tío no quería que yo fuera a ningún sitio.

–Como tu tutor, se toma sus responsabilidades muy en serio.

–¿A qué hora saldremos por la mañana? –preguntó Alexa al recordar la realidad de su vida.

–Pronto –contestó Karim, indicando el tapete que había sido colocado al lado del fuego–. Siéntate. Debes tener hambre.

–En realidad, no. Sólo quiero terminar el viaje.

–Yo garantizo tu seguridad, Alexa. Simplemente espero que casarte con el sultán sea todo lo que quieres.

Desesperada por distraerse, la princesa centró su atención en el hombre que estaba colocando los platos en la alfombra que había en el suelo.

–Olvidémonos del sultán durante cinco minutos. Háblame de ti. ¿Creciste en Citadel? ¿Ha trabajado siempre tu familia para el sultán?

–Siempre hemos estado cerca del sultán, sí –contestó Karim. Entonces escuchó lo que le decía en voz baja el hombre que estaba sirviendo. Agitó la cabeza y le indicó con la mano que se retirara.

–¿Hay algún problema? –preguntó Alexa al ver al hombre alejándose.

–Quería saber si debía ponerte tenedor y cuchillo, pero le he dicho que quieres experimentar cómo se come en realidad en el desierto. Y es así, ¿verdad, Alteza?

–Obviamente quiero aprender cuanto más, mejor –dijo ella sinceramente–. ¿El sultán se hospeda en campamentos como éste?

–De vez en cuando. A veces el alojamiento es mucho más básico, pero normalmente es más lujoso. Depende de la finalidad del viaje.

–¿Tú lo acompañas?

–Siempre.

–Debe echarte de menos –dijo Alexa, aceptando la taza que le ofrecían y bebiendo–. Está rico. ¿Qué es?

–Leche de camello –contestó Karim, mirándola con la diversión reflejada en los ojos.

–¿De verdad? Está delicioso –dijo ella, bebiendo de nuevo–. ¿Qué? Es grosero quedarse mirando a la gente, Karim.

–Tú estás acostumbrada a beber excelentes vinos en bonitos vasos. La leche de camello debe ser una experiencia completamente nueva para ti.

–Pero no todas las experiencias nuevas son malas –dijo Alexa, terminándose de beber la leche y eligiendo comida de los platos que tenían delante. Siguiendo el ejemplo de Karim, comió con los dedos–. ¿Pasaste mucho tiempo en el desierto cuando eras niño?

–Sí. Las raíces de mi familia están en el desierto y mucha de nuestra gente todavía vive de manera nómada. Es esencial comprender los apuros y problemas que tienen que afrontar.

–¿Quieres decir para así comprender el trabajo del sultán? ¿O para poder protegerle con mayor eficacia?

–Por ambas razones.

–¿Y ahora vives en Citadel? ¿En el palacio?

–Desde luego. Yo voy donde vaya el sultán.

–Entonces te veré frecuentemente cuando me haya casado.

Karim se quedó mirando la hoguera y, cuando finalmente miró a la princesa, sus ojos reflejaron una burla que ella no comprendió.

–Si te casas con el sultán, sin duda me verás muy a menudo.

Ella sintió cómo le daba un vuelco el corazón al pensar en ver a Karim todos los días.

–¿Por qué dices «si»?

–Citadel es una fortaleza, Alexa, no un centro comercial. Si el sultán lo desea, te puede mantener dentro de su palacio y no permitirte ver la luz del sol. ¿Es ésa una vida que pueda hacerte feliz?

Alexa sonrió al pensar en vivir dentro de una fortaleza... *y con su tío fuera.*

–Es lo que quiero.

–¿Quieres estar encerrada entre altas paredes de piedra con un hombre que no has visto en tu vida? Parece muy extraño.

–Dices eso porque no sabes nada sobre mi vida.

–Cuéntame –pidió él, acercándose a ella. Su voz era sorprendentemente dulce–. Háblame de tu vida, Alexa. ¿Por qué te atrae tanto esta boda? Ahora mismo estamos solos, dímelo.

La princesa se quedó mirándolo. La calidez que reflejaban sus ojos era suficiente para derretirla y que contara sus secretos.

–Nunca se lo he contado a nadie.

–Entonces ya es hora de que confíes en alguien –incitó él–. Un comportamiento tan introvertido *no* es natural en una mujer.

Alexa vio cómo las imágenes del pasado inundaban su mente y se levantó apresuradamente.

–La comida estaba deliciosa. Por favor, dales las gracias de mi parte. Si vamos a salir pronto, creo que es mejor que me vaya a la cama ahora.

Capítulo 6

ALEXA había estado a punto de contarle algo. Y la pregunta era... *¿el qué?*

¿Y por qué estaba él tan interesado?

Frustrado por la manera tan brusca en la que la princesa se había retirado, se quedó esperando fuera de la tienda de campaña para que ella tuviera tiempo de acostarse.

Se volvió a preguntar qué era lo que había estado a punto de confesarle.

Entonces entró en la tienda de campaña y vio que ella ya estaba dormida. Su bonito pelo estaba esparcido por la almohada y su boca tenía el color de las fresas maduras. *Fresas esperando a ser devoradas...*

Incluso profundamente dormida tenía el aspecto de la fantasía más ardiente de cualquier hombre y no pudo evitar sentir un enorme deseo al estar allí de pie mirándola. Se dirigió al otro extremo de la tienda de campaña y juró que iba a mantenerse tan apartado de ella como le fuera posible.

Se preguntó por qué había establecido aquella ridícula regla de que Alexa tenía que permanecer a su lado durante todo el viaje... en realidad, el que estaba sufriendo era él.

Se tumbó en su cama y esperó a que el sueño se apoderara de él, pero era imposible. Todavía estaba mirando al techo cuando momentos después la princesa gritó asustada.

Entonces se levantó con la gracia y la rapidez de una pantera. Agarró el puñal con la intención de defenderla.

—¿Alexa? —dijo. La tenue luz del farol que iluminaba la tienda de campaña le permitió ver que no había nadie más allí dentro.

Aquello significaba que la angustia de la princesa se debía a otras causas.

¿Una araña?

¿Un escorpión?

Se acercó a la cama de ella y la miró. Estaba tumbada de espaldas y ruborizada.

Evidentemente estaba dormida, lo que implicaba que su angustia no se debía a otra cosa que no fuera a una pesadilla. Después de todo, quizá su conciencia la estaba perturbando.

Despacio, volvió a meterse el puñal en el cinturón. Los cremosos hombros de ella captaron su atención y, al mirarla de nuevo a la cara, se percató de que tenía sudor en la frente. Entonces ella volvió a gritar y él pudo ver cómo le caían lágrimas por las mejillas.

Se quedó paralizado.

Dio un paso atrás y se apartó de aquel despliegue de emociones como lo haría de una bestia salvaje.

De hecho, hubiese estado más cómodo rescatándola de las fauces de un depredador. *Odiaba* las lágrimas. Cuando había sido niño, había tenido muchas oportunidades de ver los numerosos usos de las lágrimas femeninas, pero jamás había visto a una mujer llorar mientras dormía.

A regañadientes, tuvo que reconocer que aquéllas eran emociones reales, no como otras diseñadas para

obtener algo de un hombre. Se quedó allí de pie paralizado, sin saber qué hacer, mientras aquellas silen-
ciosas lágrimas aniquilaban sus defensas.

No sabía cómo actuar con una mujer cuyas lágrimas eran sinceras. Pero entonces se dio cuenta de
que no tenía que hacer nada.

Ella estaba dormida, por lo que no se requería que
él hiciera nada.

Aliviado, estaba a punto de dirigirse de nuevo a su
cama cuando ella volvió a gritar. Pero en aquella ocasión el gemido fue tan atormentado que se sintió
obligado a sentarse a su lado.

Se preguntó qué estaba haciendo ya que él no sabía
cómo consolar a nadie. Lo normal era que él fuera la
causa de las lágrimas femeninas.

Decidió que la solución más simple y segura sería
despertarla y que ella pudiera solucionar el problema
por sí misma. La agarró del hombro y la agitó.

La princesa se despertó inmediatamente y emitió
un gemido. Tenía el terror reflejado en los ojos.

–¡Vete! –gritó, sentándose en la cama–. ¡No me
toques! –espetó, dándole un puñetazo en el estómago
con una sorprendente fuerza.

–Soy soy –gruñó él, dolorido. Le agarró el puño
antes de que le pegara de nuevo–. Soy Karim. Estabas soñando.

La princesa estaba respirando agitadamente y todavía tenía las mejillas húmedas debido a las lágrimas.

–Lo siento. Yo... yo estaba soñando.

–Sí –dijo Karim, aliviado ante el hecho de que parecía que el problema estaba resuelto. Le soltó la
mano y comenzó a levantarse.

Pero Alexa le agarró el brazo.

–Espera un momento. No te vayas. Por favor, no me dejes.

Aquella petición fue tan inesperada que él simplemente se quedó mirándola y se preguntó qué esperaba ella que hiciera.

–Ahora ya estás despierta.

–Pero todavía lo tengo todo en la cabeza. Ha sido tan real... –dijo ella, agarrándolo con fuerza.

A Karim no le quedó más remedio que volver a sentarse.

–Piensa en otra cosa –le aconsejó.

Ella emitió un sonido que pareció una risa... pero a la vez un sollozo.

–Lo siento, esto no es parte de tu trabajo, ¿verdad? Vuelve a la cama, estaré bien –dijo, soltándole el brazo a regañadientes. Subió las rodillas a su pecho y se abrazó a ellas como una niña–. Lo siento si te he molestado.

Alexa estaba temblando de tal manera que Karim pudo sentir el movimiento del colchón. Suspiró impaciente.

–Ha sido sólo un sueño, Alexa.

–Sí –dijo ella. Le chascaban los dientes y hundió la cabeza en sus brazos–. Vuelve a la cama.

Karim debería haber hecho exactamente eso, pero por alguna razón no era capaz de dejarla. Eso le desconcertó y le exasperó.

–¿Qué estabas soñando?

La princesa levantó la cabeza y lo miró. Estaba llorando de nuevo. No emitió ningún sonido, sino que parpadeó un par de veces y apartó las lágrimas con la mano.

–No importa.

–Tienes que volver a dormirte –dijo él toscamente–.

Fuera lo que fuera, por la mañana te habrás olvidado de ello.

–No todos los recuerdos se olvidan tan fácilmente –dijo Alexa suavemente–. Yo pensaba que esto podría ser un comienzo nuevo, pensé que por fin sería capaz de dejarlo todo atrás. Pero lo llevamos dentro, ¿verdad? Te sigue a todas partes ya que ha estado dentro de ti durante demasiado tiempo. Es parte de quienes somos.

Karim no sabía de qué estaba hablando ella, ni siquiera sabía si hablaba para él o para ella, pero le pareció inquietante. Era la clase de conversación que debía darse entre mujeres.

–¿*Qué* es lo que te sigue?

–El pasado. Está siempre ahí. No te puedes desprender de él.

Karim se relajó al saber de qué estaban hablando. Estaba claro que ella se arrepentía de las cosas que había hecho en el pasado... y no lo sorprendía ya que su comportamiento había sido muy alocado. Lo que le estaba perturbando era su conciencia.

–El pasado es el pasado –dijo, deseando que ella dejara de temblar–. No hay motivo para mirar hacia atrás ya que ya no se puede hacer nada.

–Eso no es verdad. ¿*Tú* no miras hacia atrás?

–No –contestó Karim–. El pasado es eso mismo, pasado. El futuro es lo único que importa. Y tu futuro nos exige que nos marchemos al amanecer. Si no te duermes pronto, estarás demasiado cansada como para viajar.

–No quiero volver a dormirme. ¿Podemos marcharnos ahora? Tengo miedo, Karim.

–No vamos a ir a ningún sitio ahora mismo. Túmbate.

Por primera vez, Alexa no discutió. Como un niño obedeciendo a su padre, se tumbó. Karim observó cómo ella se estremecía. Tras un momento, se acercó y la tapó con la sábana.

–Quédate, por favor. Sólo un momento –suplicó ella, agarrándole de nuevo el brazo.

Él acarició su mano pero, al darse cuenta de lo que estaba haciendo, la soltó inmediatamente.

–Ahora estarás bien.

–Por favor, quédate conmigo. Sólo un minuto.

Karim se preguntó para qué. No sabía qué quería de él. La miró y se percató del aspecto tan frágil y vulnerable que tenía. Estaba acurrucada bajo las sábanas, como si quisiera aparentar ser tan pequeña e insignificante como le fuera posible.

–¿De qué tienes miedo? –preguntó, irritado consigo mismo por haber respondido ante ella–. Dímelo.

–¿Para qué... para poder sacar tu pistola y disparar contra ello? –dijo la princesa.

Le soltó el brazo y se acurrucó entre las sábanas más aún.

–Hay algunas cosas de las que ni siquiera un guardaespaldas te puede proteger y ésta es una de ellas. Tienes razón. No puedes ayudarme, Karim. Vuelve a la cama. Siento haberte molestado.

Sin comprender, él se quedó allí de pie y sintió un gran afán protector.

–No tienes que tener miedo de nada –dijo, tratando de tranquilizarla.

–Estoy bien, Karim. Vete a la cama.

Frustrado ante su incapacidad de hacer justamente eso, Karim frunció el ceño. Alexa no tenía buen aspecto. Tenía el aspecto de una mujer a la que perseguían los demonios. Era una mujer de contrastes...

era fuerte y batalladora, pero al momento siguiente muy vulnerable.

–¿Estabas soñando con tu tío?

–¿Podemos hablar de otra cosa? De lo que sea –pidió ella, que parecía una niña asustada–. Me ayudaría mucho si pudieras hablar de algo normal durante un minuto. Cuéntame algo sobre tu familia.

–Mi familia *no* es normal –dijo Karim secamente–. Sugiero que elijas otro tema.

–Elígelo *tú*.

–No soy muy buen conversador.

–Entonces te vendrá bien practicar. Vamos, Karim, cuéntame algo.

–¿Has oído hablar de las carreteras de las dunas? La siguiente parte de nuestro trayecto tiene las mejores carreteras de dunas de Zangrar. Hay unas vistas espectaculares y unos descensos emocionantes. Es la mejor manera de que te corra la adrenalina por las venas en esta parte del mundo... –Karim dejó de hablar, sorprendido ante sí mismo.

No sabía por qué había elegido aquel tema de conversación. No sabía qué tenía Alexa que le había hecho recordar los vertiginosos días en los que había antepuesto el placer a la responsabilidad.

–Sigue hablando –murmuró ella–. Quiero que me cuentes más cosas. ¿Lo hiciste cuando eras un chaval?

–En cuanto pude conducir.

–¿Y te acompañó el sultán?

–*Siempre* preguntas por el sultán –dijo Karim

–Estoy tratando de crearme una imagen en la mente.

–Sí –dijo entonces él–. Antes de que la vida se convirtiera en demasiado seria como para permitir aquellas frivolidades, al sultán le encantaba conducir por las dunas.

–¿Qué implica?

–Conducir y subir el coche a lo alto de una duna. Es más emocionante si inclinas el vehículo.

–¿Lo hiciste tú?

–Algunas veces –contestó Karim, que comenzó a sonreír. Pero se contuvo enseguida, recordándose a sí mismo que estaba contando todo aquello para distraer a la princesa, no para comenzar a recordar tiempos pasados.

–Parece peligroso –dijo ella con voz adormilada–. Me sorprende que al sultán se le permitiera hacer eso si era el heredero al trono. ¿No estaba rodeado de gente que le decía qué tenía que hacer?

–Le mandaron a un internado cuando tenía siete años y desde allí le mandaron al ejército. El tiempo que pasaba en Zangrar era muy preciado para él ya que, en realidad, nadie se preocupaba por él.

–Ésa es una edad muy temprana para dejar a tus padres –dijo ella tras un rato.

–Es la costumbre.

–Yo no haría eso con mis niños. Los mantendré cerca de mí. ¿No se opuso la madre del sultán a que lo apartaran de ella? ¿O es que no tenía derecho a decir nada?

Cada vez más molesto con el rumbo que estaba tomando la conversación, Karim se dijo a sí mismo que jamás volvería a despertar a una mujer angustiada. Repentinamente la atmósfera en la tienda de campaña pareció peligrosamente íntima e invadida por sombras del pasado.

–La madre del sultán murió cuando él era muy pequeño. Fue su madrastra quien lo mandó al internado.

–Oh, eso es terrible –dijo Alexa–. Entonces no es extraño que a él no le interesen las relaciones sentimentales, ¿verdad? Seguramente no haya tenido experiencias tiernas ni amor.

–Pensaba que no creías en el amor.

–Yo no he dicho eso –dijo ella muy adormilada–. Lo que dije fue que *este* matrimonio no es por amor. Pero eso no significa que yo no crea que el amor exista. En realidad, sí que creo que existe. Para algunos afortunados. El problema es encontrarlo.

Karim pensó que la conversación se había vuelto muy incómoda y se levantó.

–Deberías descansar.

Alexa ni siquiera contestó y él se percató de que se había quedado dormida. Exasperado, Karim la miró para a continuación dirigirse a su cama. Fue consciente de que en aquel momento le tocaba el turno a él de tener que afrontar todas las incómodas y desconocidas emociones que había aflorado la conversación que habían tenido. Iba a tardar mucho en dormirse...

Cuando Alexa se despertó, vio que estaba sola en la tienda de campaña.

Entonces oyó la voz de Karim justo afuera y supo que no se había alejado demasiado. Aunque si lo hubiera hecho, le habría comprendido.

La pesadilla que había tenido no era nueva, se repetía una y otra vez. Siempre tenía el mismo efecto sobre ella, pero era la primera vez que había compartido la experiencia con alguien más.

Se sintió avergonzada ya que seguramente él no comprendía por qué se había asustado tanto por una pesadilla. Se preguntó qué habría pensado.

Karim se había quedado a su lado hasta que se había quedado dormida y eso la conmovió ya que nadie había hecho nada parecido por ella. Ni una sola persona.

Se levantó de la cama, se vistió, y se arregló el pelo en una coleta. Vestida se sentía más segura... ¿o era porque había compartido su oscuro momento con Karim?

Por primera vez en su vida, no se había sentido sola.

Salió de la tienda de campaña y vio a Karim. Éste estaba hablando con varios hombres, pero al oír la puerta de la tienda miró hacia ella y sus miradas se encontraron.

Él no dijo nada, pero el momento pareció muy íntimo. Entonces asintió con la cabeza y ella sintió cómo se le revolvía la tripa. Estaba nerviosa y no sabía por qué.

Karim despidió al hombre con el que estaba hablando en aquel momento con un movimiento abrupto de la mano.

—¿Te encuentras bien? —le preguntó a ella.

La princesa *no* se sentía bien, se sentía tan vulnerable como cuando había tenido ocho años. Estaba aferrándose a la esperanza de que alguien se preocupara por ella y pudiera aliviar su dolor...

Pero él, aunque la estaba mirando a los ojos, se mantenía levemente apartado, distante e inaccesible. Parecía que la estaba advirtiendo de que la intimidad que habían compartido no se volvería a repetir.

Se sintió sola de nuevo.

—Estoy bien, Karim —dijo, apartando la vista—. Siento lo que ocurrió anoche. Estoy segura de que no es tu escenario favorito.

Él no contestó y ella deseó no haber sacado el tema. Podía sentir lo tenso que estaba.

–Bueno, lo único que quería era darte las gracias. Fuiste... muy amable.

–No tienes por qué disculparte. Estabas muy cansada, tanto que era normal que tuvieras pesadillas.

–Sí –dijo ella, que decidió no revelarle el hecho de que sus pesadillas no tenían nada que ver con lo cansada que estuviera. Sólo tenían que ver con su oscuro pasado.

–Deberías comer algo y después nos marchamos –dijo él, señalando la alfombra que había en el suelo–. Te veré en el coche cuando estés preparada.

Alexa observó cómo él se alejó. Entonces se puso de rodillas en la alfombra, aunque en realidad no tenía ganas de comer nada. Mordisqueó unos dátiles y un poco de pan. Bebió agua y se dirigió a la tienda de campaña para tomar sus cosas. Sólo debía pensar en el futuro.

–¿Estás preparada? –preguntó Karim cuando la vio llegar al vehículo.

–Sí –contestó ella, dándole su pequeña maleta–. ¿Hasta dónde vamos a ir hoy?

–Deberíamos llegar al próximo oasis. Es mucho más grande que este lugar. Es más como un complejo turístico. Desde allí se tardan menos de dos días en llegar a Citadel. Tendrás mucho tiempo antes de la boda.

–La boda –dijo Alexa. Se quedó mirándolo.

–¿Te has olvidado de tu boda?

–No seas ridículo, por supuesto que no –contestó ella. Pero en realidad sí que lo había hecho. Durante un momento su vida se había centrado en el hombre que tenía delante.

Pero recordó que se estaba jugando muchas cosas. Miró por encima de su hombro y se montó en el coche. Trató de ignorar a Karim, que ya estaba sentado en el asiento del conductor.

–Así que... cuéntame más cosas sobre las carreteras de las dunas –pidió, tratando de distraerse. Se puso sus gafas de sol y miró por la ventanilla las enormes dunas que los rodeaban–. Parecen muy altas. ¿Conduces hasta arriba del todo?

–Y luego bajo por el otro lado y vuelvo a subir otra.

–Parece divertido. ¿Podemos hacerlo?

Karim la miró con la incredulidad reflejada en los ojos.

–¿Quieres que vayamos a lo alto de una duna?

–Pensé que a ambos nos vendría bien divertirnos un poco.

–No lo he hecho desde que estaba en el ejército.

–¿Y qué se supone que significa eso... que eres demasiado mayor para divertirte? –bromeó ella–. ¿O es que ya no te atreves, Karim?

–Lo que me preocupa es a lo que te atreves tú. Quizá seas una rebelde, pero creo que no eres valiente.

–Sí que lo soy –dijo Alexa tras respirar profundamente–. Creía que querías enseñarme el desierto. Llévame a lo alto de una duna y muéstrame tu desierto, Karim.

–¿Te gustan las montañas rusas? –preguntó él con el desafío reflejado en los ojos.

Alexa pensó que él parecía menos *intimidador* y su seductora parte oculta la intrigaba.

–Nunca he montado en una montaña rusa. Pruébame.

–¿Prometes no gritar como una niña pequeña? –dijo él, esbozando una leve sonrisa.

La princesa sintió cómo le daba un vuelco el estómago.

—Te lo prometo. Adelante. Vuelve a descubrir tu alocada juventud.

—Está bien. Agárrate —ordenó Karim, que sin darle oportunidad de cambiar de opinión giró el coche, aceleró y comenzó a subir a lo alto de la duna.

Ella se preguntó por qué le habría incitado a que se comportara como un quinceañero irresponsable. Pero lo miró y no vio a ningún quinceañero... sino que vio a un hombre.

Él estaba muy concentrado en la carretera. La seriedad con la que conducía la relajó y comenzó a disfrutar de aquella increíble experiencia.

—Oh, es precioso —dijo—. Increíblemente precioso. Es como otro mundo.

Durante un momento estuvieron en lo alto de ese «otro mundo». Karim le dirigió una pícara sonrisa y pisó el acelerador. El vehículo bajó por la duna a una velocidad vertiginosa y Alexa apoyó una mano en el salpicadero para mantener el equilibrio.

Era tan emocionantemente aterrador que al principio no pudo respirar con normalidad. Resistiendo la tentación de cubrirse los ojos, se abrazó a sí misma y rió con euforia cuando llegaron a los pies de la duna.

Miró a Karim sin saber cuál era el motivo de que tuviera un nudo en el estómago, si era por el terror que sentía o el efecto de la mirada que le estaba dirigiendo él.

—¿Es esto lo que te enseñan en el ejército?

—Supervivencia en el desierto —dijo él, todavía sonriendo. Dirigió el coche hacia la carretera—. Eres una mujer sorprendente, ¿lo sabías?

–¿Porque no grité como una niña pequeña? No tenía suficiente aliento como para gritar.

–Porque no tienes miedo de ninguna de las cosas que yo supondría que te asustarían. No te afecta el calor, acariciaste a una serpiente y te ríes al subir en coche a lo alto de una duna... pero odias las puertas cerradas, lloras mientras duermes y huyes de un hombre que no tiene motivo para perseguirte.

–Bueno, el miedo es algo curioso, ¿verdad? A cada persona le da miedo una cosa –dijo Alexa, cuya sonrisa se borró de su cara–. ¿Puedo conducir?

–*Debes* estar de broma.

–¿Así que éste es *tu* miedo, Karim? ¿Que una mujer conduzca?

–Conducir en el desierto es muy distinto a conducir en el asfalto. La arena se está moviendo constantemente. No es tan fácil como parece.

–No parece fácil en absoluto. Pero parece divertido y por eso quiero probarlo –se sinceró la princesa, que no recordaba haberse reído tanto en su vida. Quería recuperar el momento.

–Te olvidas de que ya te he visto conducir. E incluso sin arena, fue aterrador.

–Eso no es justo. Tenía miedo de que nos estuvieran siguiendo.

–Condujiste como una loca –murmuró Karim–. Si es así como conduces, no me extraña que hayas sufrido accidentes.

La felicidad abandonó a Alexa con la misma rapidez con la que había llegado.

–Los accidentes que he sufrido no han tenido nada que ver con mi manera de conducir.

–¿Quieres decir que el árbol saltó sobre tu coche?

–No. Yo... –comenzó a decir la princesa. Pero se

dijo a sí misma que no merecía la pena tratar de explicarse–. Los accidentes ocurren, Karim.

–No mientras yo sea tu guardaespaldas –dijo él con mucha confianza.

Por un momento ella quiso creerlo. Le tentaba mucho la idea de relajarse y dejar que fuera otra persona la que soportara la tensión.

Pero sabía que no podía hacerlo.

Un momento esporádico de diversión no cambiaba el hecho de que su vida estaba en peligro. No estaría segura hasta que no estuviera dentro de la ciudad fortaleza de Citadel.

Capítulo 7

LLEGARON al oasis cuando estaba anocheciendo.
Karim aparcó frente a unas tiendas de campaña muy bien arregladas y levemente apartadas.

—A esto lo llaman la suite Real. Lo han preparado para nosotros. Es más privado que el resto del alojamiento que hay aquí.

—Desearía que no tuviéramos que detenernos.

—Ni incluso yo puedo estar conduciendo durante días sin parar —dijo él secamente—. Necesitas relajarte y dejar que sea yo quien se preocupe.

—Pero tú no te estás preocupando.

—Una preocupación no es más que un problema que no ha sido solucionado —dijo Karim, desabrochándole el cinturón de seguridad a Alexa. Sus ojos reflejaban sarcasmo—. Si veo un problema, lo solucionaré.

—¿Y si no ves el problema antes de que ya lo tengas encima? —dijo ella, sintiendo cómo le daba un vuelco el corazón.

—Entonces la reacción deberá ser mucho más rápida.

Alexa apoyó la cabeza en el respaldo del asiento y cerró los ojos. A pesar de que había logrado dormir mucho, se sentía física y psíquicamente agotada.

—Estoy tan cansada.

–Esperemos que esta noche duermas mejor.

–Sí –dijo ella, abriendo los ojos y mirándolo–. Gracias. Sé que dije que no quería un guardaespaldas, pero jamás podría haber hecho este viaje sin ti. Ahora lo veo claro.

–Tú eres mi responsabilidad.

En otras palabras; Karim simplemente estaba haciendo el trabajo por el que se le pagaba y no quería que ella lo olvidara. Irracionalmente decepcionada ante la reacción de él, se bajó del vehículo y lo siguió hasta la tienda de campaña.

–Bueno, me da envidia tu resistencia. No creo que tenga energía para comer. Me voy a ir directamente a la cama y... –Alexa dejó de hablar. Emitió un grito ahogado al ver la cama que había dentro de la tienda–. ¡Dios mío! Es como algo sacado de una fantasía árabe.

–Así es –concedió Karim, abriendo una botella de agua y ofreciéndosela–. A los turistas les gusta. Creo que es la suite «Luna de miel».

Ella se quedó mirando la enorme cama sobre la que había cojines de terciopelo y seda. Era claramente un lugar para amantes.

–¿No nos iremos a quedar aquí los dos juntos?

–Nadie te va a buscar en la suite «Luna de miel». Todavía no estás casada.

Alexa lo miró y se percató de la tensión que reflejaban sus hombros.

Pensó que era ridículo sentir aquella atracción sexual por un hombre cuando se iba a casar con otro. Tenía que dejar de pensar en Karim de esa manera...

–Deberíamos comer –dijo él con dureza, dándose la vuelta.

Alexa se preguntó si él no se habría dado cuenta de sus sentimientos.

–No tengo hambre.

–Siéntate, Alexa –ordenó él. Parecía cansado–. Tienes que comer. Todavía nos quedan casi dos días de viaje y hoy no has comido casi nada.

–Está bien, pero comeré poco.

Ella no había visto que él hablara con alguien, pero aun así, momentos después, varios miembros del personal del complejo entraron en la tienda de campaña con una selección de platos. Una vez estuvieron de nuevo solos, Alexa se arrodilló en la alfombra.

–Así que este lugar es en realidad un hotel, ¿no es así?

–Zangrar se ha convertido en un destino turístico muy popular –dijo Karim, sirviendo comida para ella en un plato–. Estos campamentos en el desierto atraen la naturaleza romántica de los turistas. Aquí pueden bañarse, conducir por las dunas, montar en camello y pasar la noche en el desierto bajo las estrellas.

–¿Fue el turismo idea del sultán?

–Él ha dirigido la mayor parte del desarrollo comercial, sí. Es importante estar precavidos para el momento en el que nuestros recursos naturales se agoten.

–Es maravilloso que se preocupe tanto sobre el futuro de Zangrar –dijo Alexa, mirando la comida que tenía en el plato pero sin tocarla–. Mi padre era igual. Le encantaba Rovina...

–Su muerte debió ser una gran pérdida para el país.

–Yo le echo de menos cada día –dijo ella con la mano temblorosa.

–La mayor parte de la seguridad que sentimos de niños viene del amor de los padres. Y tú te viste privada de eso –observó él astutamente.

–Sí, fue duro.

–Por lo menos tuviste a tu tío; él se preocupada por ti.

Alexa *quería* decirle la verdad. Pero confiar en otra persona era algo tan extraño para ella que no era capaz de formular las palabras. Así que permaneció en silencio. Iba a cambiar de asunto cuando oyó un vehículo fuera de la tienda. Miró hacia la puerta.

–¿Has oído algo?

–Un coche. Seguramente son personas que vienen a alojarse en otras tiendas.

Pero el sentido del peligro de la princesa estaba tan desarrollado que simplemente *sabía* quién era. Se levantó con tanta rapidez que le dio una patada a varios platos.

–Nos han encontrado.

–Serán simplemente turistas. Espera aquí. Voy a ver.

–¡No! –espetó ella, agarrándolo del brazo–. No hagas eso. ¿Hay otra salida? Tenemos que salir de aquí antes de que nos encuentren.

–Tranquilízate –dijo él. Pensaba que ella estaba exagerando y apartó su brazo. Entonces salió de la tienda.

Alexa no se quedó mirando.

Con las manos y las rodillas temblorosas, se puso un sombrero y agarró su puñal. Esperó que el sultán estuviera de acuerdo en pagar por los daños y cortó un agujero en la parte trasera de la tienda. Entonces salió afuera.

Corrió. Corrió tan rápido como pudo hacia el desierto. No sabía dónde iba, pero esperó poder encontrar un lugar donde esconderse. Tenía el corazón revolucionado, la boca seca y se tropezó varias veces.

Oyó gritos desde las tiendas y después disparos. Se quedó paralizada. Había dejado que Karim se encargara de ellos él solo.

Miró por encima de su hombro, atormentada por lo indecisa que estaba. Él no la había creído, pero no era enteramente culpa suya. No le había contado todo y en aquel momento Karim estaba en peligro por su culpa.

Se dio la vuelta y comenzó a regresar hacia las tiendas de campaña. Pero oyó el motor de un coche y vio unas luces acercándose...

Le dio un vuelco el corazón y se sintió completamente desesperada.

La habían encontrado. Y allí, atrapada en un terreno desconocido, no podía hacer mucho para defenderse.

Todo se había acabado.

Incapaz de correr, se quedó mirando las luces del coche... *se quedó allí de pie esperando a morir.*

—¡Alexa! ¡Muévete! —gritó Karim.

Pero ella estaba temblando tan agitadamente que no se podía mover. Karim se bajó del coche y la tomó en brazos.

—Ahora *no* es el momento de quedarse tan quieta —dijo él, metiendo a la princesa en el asiento del acompañante. Entonces se volvió a montar en el vehículo a toda prisa y pisó el acelerador—. Abróchate el cinturón de seguridad —espetó—. Con lo oscuro que está no puedo estar seguro de esquivar los baches.

Con las manos temblorosas, ella obedeció. Emitió un grito ahogado al ver la sangre que tenía él en la manga de la camisa.

—Estás herido.

—Es solamente un rasguño.

–*Todo* es culpa mía. No debería haberte dejado venir conmigo...

–¿Nos siguen?

–Sí –contestó ella tras mirar por encima de su hombro.

–Entonces iremos a donde no sean capaces de seguirnos –dijo Karim, saliéndose de la carretera.

Al darse cuenta de las intenciones de él, Alexa se agarró con fuerza al asiento y lo miró con incredulidad.

–¿Pretendes conducir por las dunas con esta oscuridad?

–Hará que ellos lo tengan más difícil para seguirnos. No muy lejos de aquí hay un antiguo camino para camellos. Si podemos llegar allí, estaremos seguros –dijo él, comenzando a subir por una duna.

–Tengo que detenerte esa hemorragia –dijo ella, horrorizada–. ¿Hay un botiquín de primeros auxilios en el coche?

–Debajo del asiento. Pero déjalo. Todavía nos siguen –dijo él, que al llegar a lo alto de la duna miró por el espejo retrovisor–. Aunque ya no. No han sabido poner el coche en posición correcta y éste ha retrocedido para atrás.

–Tu brazo...

–Espera –ordenó él, bajando por la duna con mucho cuidado–. Dime quiénes son, *¿quién es esa gente?*

–No lo sé. Alguien que trabaja para mi tío. Siempre es alguien distinto. Para estar segura, siempre sospecho de todo el mundo.

–¿Me estás diciendo que él contrata a diferentes personas para matarte?

–Ya te había dicho que mi vida estaba en peligro, pero no me creíste.

–Si me hubieras explicado las cosas...

–Eso ya no importa. Oh, Dios, hay sangre por todas partes –Alexa tomó el botiquín y lo abrió–. Vas a tener que parar para que pueda mirarte el brazo, Karim.

–¡Háblame, Alexa! –ordenó él, ignorándola–. ¿Por qué quiere matarte tu tío?

–Es complicado y tú te tienes que concentrar en la conducción –dijo ella, sacando una venda del botiquín–. ¿Tienes la bala en la herida?

–No, ya te lo he dicho; es sólo un rasguño. *Respóndeme*. ¿Con qué nos enfrentamos?

–Caín y Abel –dijo ella entre dientes.

–¿Celos entre hermanos? ¿Ése es el problema?

–Su hermano... mi padre... está muerto. Y yo soy el último obstáculo entre él y el trono de Rovina.

–Pero si él ya gobierna Rovina.

–Como regente. Lo que quiere es gobernar por derecho propio, siempre lo ha querido. Si yo llego a cumplir veinticinco años, seré yo la que gobierne. Y él no va a permitir que eso ocurra –Alexa se agarró con fuerza al asiento ante un movimiento brusco del vehículo–. Tienes que parar para poder curarte la herida.

–No vamos a parar hasta que yo decida que es seguro.

–Entonces voy a tener que vendarte el brazo por encima de la ropa. Siento que te hayan herido por mi culpa.

Karim la miró. Sus ojos tenían un oscuro y peligroso brillo.

–Siento no haberte creído cuando dijiste que estabas en peligro. Cuando sea seguro, pararemos y me contarás todo. Y en esta ocasión te escucharé con atención.

–No estaremos seguros hasta que no lleguemos a Citadel –dijo ella.

–Lo estaremos. El desierto es un lugar muy implacable para los que no lo conocen. Ésta es una antigua ruta beduina y llegaremos a unas cuevas donde podremos descansar –explicó Karim, realizando a continuación una llamada telefónica por su teléfono móvil.

–¿Con quién has hablado? –quiso saber ella una vez él hubo colgado. No había entendido nada ya que él había hablado en su propio idioma.

–He pedido que un equipo de seguridad detenga a esos hombres y los interrogue –contestó él, conduciendo con rapidez–. Puede que haya otros.

Al llegar a las cuevas, Alexa se percató de que estaban muy escondidas.

–¿Vamos a entrar ahí? –preguntó, observando lo oscuro que estaba dentro.

–Sí –contestó Karim, aparcando el vehículo en un lugar que no podía ser visto desde la carretera. Agarró una linterna y varias mantas–. Nadie nos buscará aquí.

Alexa sintió cómo le daba un vuelco el estómago ante aquel espacio tan oscuro. Pero no dijo nada. Sabía que debían esconderse y, además, estaba preocupada por el brazo de Karim.

–Entonces vamos.

Lo siguió hasta la entrada de las cuevas.

–¿Nos quedamos aquí?

Karim enfocó con la linterna hacia dentro de una cueva, donde las paredes se estrechaban.

–Ahí hay una pequeña cueva. Pasaremos en ella la noche; hará más calor.

Alexa pensó que también estaría más *oscuro* y estarían más *apretados*. Se forzó en seguirlo dentro de la cueva y se recordó a sí misma que allí no estaban encerrados.

Karim comprobó que el suelo estuviera seco y colocó las mantas.

–Siéntate.

–*Siéntate* tú. Tengo que mirarte el brazo –dijo ella, quitándole la venda que le había puesto. Entonces esperó a que él se quitara la camisa.

Le salía mucha sangre de la herida y presionó con una gasa.

–Está sangrando mucho. Voy a limpiarla y a cubrirla, pero creo que necesitas algunos puntos.

–Así que la sangre es otra de las cosas que no te asustan, ¿verdad?

–No seas tonto –dijo ella–. ¿Puedes alumbrar con la linterna para que yo vea lo que estoy haciendo? –entonces tomó lo que necesitaba del botiquín y miró con detenimiento la herida–. Tenías razón. La bala sólo rozó la piel. Te limpiaré la herida, pero seguramente necesites antibióticos.

–¿Y cómo puede ser que una princesa que supuestamente sólo está interesada en coches y en zapatos de tacón alto sepa tanto de primeros auxilios?

Alexa le puso una venda estéril y la sujetó con fuerza a su brazo con un esparadrapo.

–He pasado mucho tiempo trabajando en el hospital que había cerca de palacio. William no ha invertido dinero alguno en sanidad desde que se convirtió en regente. Los hospitales tienen graves problemas... no tienen dinero ni personal. La gente tiene la moral por los suelos. Yo ayudo cuanto puedo.

–¿Trabajas en un hospital?

–Como voluntaria –aclaró la princesa, cerrando el botiquín–. No tengo estudios para ello ni nada parecido. Me hubiera encantado ser médico, pero nunca tuve la oportunidad.

–Siéntate, Alexandra. Ya es hora de que hablemos de tu tío.

Alexa se sentó en la alfombra y trató de no pensar en la oscuridad que les rodeaba.

–Siento mucho haberte involucrado en todo esto. Sabía que era un error traerte conmigo.

–Yo no te di ninguna opción –dijo él, sentándose al lado de ella–. Debería haberte escuchado con más atención. Ahora lo voy a hacer, Alexa. Cuéntamelo.

–No sabría por dónde empezar.

–Empieza por contarme por qué te vas a casar con el sultán –dijo Karim, enfocándola con la linterna para poder verle la cara–. No tiene nada que ver con el dinero ni con el estatus, ¿verdad?

–Me voy a casar con el sultán porque es la mejor opción que tengo para mantenerme con vida. Tú no dejas de decirme que me va a encerrar entre las paredes de Citadel... y eso es lo que yo espero que haga –dijo Alexa suavemente–. Quiero llegar a cumplir veinticinco años. Quiero gobernar Rovina. Desde que mi tío tomó el poder, he visto cómo el país se ha desmoronado poco a poco. Él ha desviado dinero de las cosas que importaban, como de la sanidad y la educación, y se lo gasta en cosas que sólo le benefician a él. Como en renovar el palacio y en comprarse otro semental más que añadir a los tantos que ya tiene. Mi tío ha dejado Rovina sin nada.

–Así que te vas a casar con el sultán para escapar de esa situación, ¿no es así?

–A corto plazo, sí. Pero a largo plazo... –Alexa vaciló y se encogió de hombros–. El sultán es un hombre poderoso y sé que ha hecho muchas cosas por Zangrar en los últimos años. Si hay alguien que puede ayudarme a solucionar los problemas de Rovina, ése es él. Su padre y mi padre eran amigos. Espero que eso sea suficiente para persuadirlo a que me ayude.

–¿Pretende tu tío impedir que te conviertas en reina? ¿Crees que ésa es la razón por la que ha tratado de asesinarte?

–No lo creo, lo sé, Karim. Todo comenzó con una campaña para desacreditarme ante el público. Pensó que si me hacía parecer lo suficientemente mala nadie me querría como soberana. Él orquestó mi imagen salvaje... comenzando por aquellas horribles fotografías mías haciendo topless.

–¿Las fotografías eran un montaje?

–No –contestó Alexa–. Eran reales. Fue la primera y la última vez en mi vida que me permití confiar en alguien. Digamos que la persona que me acompañaba era un actor y que era bueno en su trabajo. Yo estaba muy sola y el tener a alguien prestándome atención...

–¿Te manipularon?

–Mi tío le pagó dinero para que le fotografiaran en una situación comprometida conmigo. Ambos sacaron un gran partido de ello. La carrera del actor cobró éxito y las fotografías fueron publicadas una y otra vez por todo el mundo como ejemplo de mi alocada vida. Pero aunque a la gente le impresionó mucho, siguieron apoyándome. Quizá fueron tolerantes porque yo había perdido a toda mi familia. No lo sé. O quizá no les gustara William ya que por aquel entonces ya podían ver que él no tenía ningún tipo de compromiso con Rovina como país; sólo utilizaba su posición para mejorar su estilo de vida. Entonces mi tío decidió que tenía que trabajar más duramente y fue cuando yo comencé a ser tan propensa a los accidentes.

–Tus accidentes de coche...

–En ambas ocasiones, alguien había alterado los frenos.

–¿Estás *segura*?

–Sí. Me enfadó dejar que ocurriera dos veces. Después de ello dejé de conducir, o tomaba coches prestados con muy poco tiempo de antelación.

–¿No trataste de escapar? ¿O de conducir hasta la frontera?

–Me estaban vigilando todo el tiempo. Tenía suerte si podía salir del castillo. Cuando era pequeña, me encerró dentro.

–Y es por eso que odias las puertas cerradas, ¿verdad? –dijo Karim.

–Sí. En realidad es una tontería, algo psicológico. Me gusta saber que, si quiero, puedo salir de donde esté. Mi tío sólo lo hizo cuando yo era pequeña ya que cuando crecí fui más difícil de contener. Me quería muerta, pero si no podía conseguirlo quería tenerme bajo control permanente. Se convirtió en el juego del gato y del ratón. Yo me ocultaba y encontraba maneras de escabullirme.

–¿Siempre te descubrió?

–Él tiene gente que le apoya. Personas con mucha avaricia, como él, que están interesadas en sí mismas y no en Rovina.

–¿Y el accidente en la lancha motora?

–*No* fue un accidente –contestó ella.

–¿Y cuando te sacaron inconsciente de un club nocturno?

–Me drogaron. Ni siquiera estaba en el club nocturno. Compraron a los fotógrafos, pero la mayoría de la gente pensó que había perdido el control por la muerte de mis padres. Me llamaban «la princesa rebelde» –entonces se rió–. Más o menos crecí interpretando ese papel. Tenía que hacerlo si quería sobrevivir.

–¿No tenías a nadie que te protegiera?

–Tienes que recordar que la mayoría de la gente pensó lo que tú pensaste... que era una niña un poco alocada. Nadie comprendió de lo que era capaz mi tío –dijo Alexa, sintiendo un nudo en la garganta–. Cada vez que me permití confiar en alguien resultó ser un error, así que dejé de confiar en la gente. Era más seguro para todos si yo simplemente vivía mi vida a solas.

–¿*Por qué* no me habías contado nada de esto antes? –exigió saber Karim. Parecía enfadado.

–Traté de decirte que mi tío nos estaba siguiendo.

–Pero no me diste ningún tipo de detalles, ¿verdad? –dijo Karim, levantándole la barbilla para que lo mirara–. No me contaste los hechos que le hubieran dado credibilidad a tu historia.

–Quería contártelo –murmuró ella–. Y en varias ocasiones casi lo hice. Pero tienes que comprender que en mi situación *no* hablar es lo único que te mantiene con vida. Durante los últimos dieciséis años no he sido capaz de confiar en nadie. Me disciplíné para estar callada y no puedo cambiar eso de repente.

Karim apartó la mano, luchando para absorber el impacto de todo aquello.

–Si William está dispuesto a llegar a tanto para

continuar en el trono, debes haberte planteado si él tuvo algo que ver con la muerte de tus padres.

–Él mató a mis padres –dijo ella, mirando al vacío.

–Puedo entender que para ti sea fácil creerlo dada la manera en la que te ha tratado, pero...

–Yo estaba allí –Alexa giró la cabeza para mirarlo–. Vi cómo ocurrió.

–¿Fuiste *testigo* de la explosión que mató a tus padres?

–Se suponía que también tenía que haberme matado a mí. Habíamos pasado el fin de semana en nuestra casa de campo. Justo cuando íbamos a salir, recuerdo que me había olvidado la muñeca –comenzó a explicar con el corazón revolucionado. Jamás hablaba de aquello–. Regresé a la casa por ella y entonces el coche explotó.

Un tenso y largo silencio siguió a aquella declaración. Alexa deseó que él la consolara, pero Karim se quedó allí sentado como si las palabras de ella le hubieran inmovilizado.

–¿Estás segura de que tu tío estuvo involucrado en ello? –preguntó él finalmente.

–Bueno, no puedo demostrarlo, claro está... pero sí, estoy segura. Lo vi inmediatamente después de la explosión –Alexa se estremeció–. Nunca olvidaré la expresión de su cara. No estaba triste ni impresionado. El único momento en el que mostró impresión fue cuando me encontraron y me llevaron con él. Y, aunque yo era muy pequeña, sabía que mi tío había querido que yo también muriera.

–Tenías ocho años.

–Mi tío quería que toda mi familia muriera. Odiaba a mi padre. Lo odiaba por todo lo que tenía. Yo estaba aterrorizada –confesó Alexa–. Al principio traté de hablar con la gente, pero pensaban que era una histérica. Después de todo, yo había presenciado la muerte de mis padres. Y entonces alguien en quien yo confiaba desapareció. Aunque era pequeña, me percaté de que hablar de ello con la gente era peligroso.

–No me puedo creer que él pretendiera herirte. Eras una niña.

–Pero una niña peligrosa –dijo Alexa, levantando la barbilla–. Era la hija de mi padre. Llevo a Rovina en la sangre y mi tío lo sabe.

–Eras demasiado pequeña para encontrarte tan sola –dijo Karim, agitando la cabeza con incredulidad–. Me sorprende que no te hundiera.

Alexa guardó silencio durante un momento y recordó lo aterrorizada y sola que había estado.

–Había días en los que estaba desesperada porque alguien simplemente me abrazara y me dijera que todo iba a salir bien.

Karim dejó la linterna en la alfombra y tomó en brazos a la princesa. La colocó sobre su regazo y la abrazó.

–Yo te estoy abrazando, *habibati* –dijo, acariciándole el pelo–. Todo va a salir bien, te lo prometo. Tu tío no va a volver a acercarse a ti... te doy mi palabra.

–Yo... ¿y si el sultán no me cree?

Karim guardó silencio durante un momento.

–Él te *creerá*, te lo aseguro.

Parecía tan convencido que Alexa se relajó en sus brazos.

–Es extraño hablar de ello. Estoy esperando que te levantes y que me digas que no eres quién dices ser, sino que en realidad trabajas para mi tío.

–Comprendo que estás muy traumatizada por tu experiencia –dijo él, abrazándola con fuerza–. Pero te prometo que *puedes* confiar en mí.

Alexa cerró los ojos y se acurrucó en él, cuya masculina fragancia le hizo estremecerse.

–¿Tienes idea de cómo me siento al tener por fin a alguien de mi lado? –dijo, sintiéndose segura por primera vez desde hacía mucho tiempo–. ¿Cómo está tu brazo?

–Apenas me duele.

–Estás mintiendo –dijo ella, sonriendo en la oscuridad de la cueva.

–Cuéntame con qué soñaste, Alexa.

–No quiero hablar de eso –dijo la princesa, cuya sonrisa se borró de su cara.

–Inténtalo –pidió él, abrazándola con más fuerza aún–. Por mí, *habibati*.

–Una vez que mataron a mis padres, supongo que yo estaba en estado de shock. Sólo quería poder dar marcha atrás en el tiempo. Deseaba haberles pedido a mis padres que entraran ellos a la casa por la muñeca en vez de haberlo hecho yo. Deseaba que hubiera ocurrido algo que nos hubiera impedido haber salido en aquel momento exacto –Alexa hizo una pausa. Estaba muy triste–. Ése es el sueño que tuve. Una y otra vez corro hacia el coche para advertirles, pero llego tarde. Siempre llego tarde.

–No me puedo creer que no descubriera nada de esto cuando estuve en Rovina.

–Tampoco estabas tratando de hacerlo.

–¿Por qué no fue nadie capaz de protegerte?

–Mi tío es muy, muy listo y tiene a mucha gente que lo apoya. Y no te olvides de que no creó una muy buena imagen de mí. Cuando terminó de desacreditarme, la mayoría de la gente se preguntaba cómo iba a gobernar el país una princesa que ni siquiera podía conducir con estabilidad. Sabía que tenía que salir de allí si quería sobrevivir. Centré todas mis esperanzas en el matrimonio con el sultán. Era mi única válvula de escape.

–Y es lo que estás haciendo.

–¿Me culpas por ello? –dijo Alexa, mirando a Karim a los ojos.

–No –contestó él–. Después de todo lo que me has contado, no te echo la culpa.

–Esta noche me has salvado la vida –incapaz de contenerse, la princesa acercó la mano y le acarició la cara–. Yo simplemente me aterroricé y salí corriendo.

–No tienes por qué darme las gracias –repentinamente Karim parecía tenso–. Mi trabajo es protegerte. Y eso es lo que *haré*, Alexa. Puedes estar segura de ello.

Su trabajo. Ella sintió cómo la decepción y la desesperación se apoderaban de su cuerpo. Apartó la mano. Se preguntó qué había esperado. El consolar a alguien no era parte de su trabajo.

–No sé lo que te dijo el sultán cuando te encomendó protegerme, pero supongo que las instrucciones no incluían que te dispararan. Ha sido difícil para mí confiar en ti, pero me alegra haberlo hecho. Eres la primera persona que he conocido que no me ha fallado. Gracias.

–Estás segura y eso es lo que importa.

Alexa sabía que debía moverse ya que él la había abrazado para consolarla... para nada más. Pero no podía alejarse de su calidez y fortaleza.

–¿Crees que nos encontraran? –preguntó.

–No. Y tú deberías dormir un poco.

–No quiero dormir.

–¿Por las pesadillas? Supongo que sólo te ocurre cuando estás nerviosa, ¿no es así?

Presintiendo que él iba a apartarla de sí, lo abrazó por el cuello.

–¿Podemos quedarnos así? ¿Sólo por un minuto?

–Alexa... –dijo él, cuyos músculos estaban muy tensos y duros.

–¿Por favor, Karim? –susurró ella en la suave piel de la garganta de él.

–Alexa, no podemos...

–Sólo quiero que me abraces, eso es todo. ¿Sabes cuánto hace que nadie me abraza? Yo tenía ocho años y apenas me acuerdo.

Durante unos minutos, Karim no respondió. Entonces se tumbó... llevándola con él.

–Te abrazaré y así te quedarás dormida.

–¿Siempre tratas de controlar todo lo que ocurre a tu alrededor?

–Siempre. Duérmete, Alexa –ordenó él, tomando una manta y tapando con ella a ambos.

La princesa se sintió muy cómoda en la oscuridad de aquella cueva, pero en cuanto él volvió a abrazarla y sintió su fuerte y atlético cuerpo presionando el suyo, supo que no había esperanza alguna de dormir.

No sabía por qué se sentía de aquella manera. Quizá era porque había confiado en él, porque él la había salvado y porque la había escuchado. Lo que estaba sintiendo era simplemente porque por primera vez en su solitaria vida se había atrevido a compartir sus problemas.

Era sólo gratitud.

Pero la calidez que sentía en su pelvis no tenía

nada que ver con la gratitud. Se giró levemente para aliviar la tensión sexual que sentía...

–*Deja de moverte* –dijo Karim, que parecía igualmente tenso.

Alexa estaba a punto de separarse de él cuando éste emitió un leve gemido, la tumbó de espaldas y la besó de manera hambrienta y apasionada. La agarró de la nuca mientras la seducía con su boca y exigía una respuesta de ella.

La princesa se entregó completamente. Ni siquiera se le pasó por la cabeza apartarlo...

Sintió cómo él la besó de la manera en la que ella recordaba y le respondió con la misma pasión. La excitación se apoderó de su cuerpo y le agarró los hombros con fuerza. La estaba volviendo loca. Sintió que no controlaba la situación y, cuando él le acarició uno de sus endurecidos pezones, gimió y arqueó el cuerpo en señal de invitación.

Él sabía dónde y cómo tocarla. Bajó la mano y Alexa sintió cómo la acariciaba íntimamente...

Pero aquello le hizo reaccionar. Se dijo a sí misma que no podía hacerlo. Por muy bien que se sintiera, estaba mal. Karim no podía ser parte de su futuro.

–No –dijo, apartándole la mano–. No. Tenemos que dejarlo. Tenemos que dejarlo ahora.

Él la miró a los ojos.

–¿Quieres que lo dejemos?

Ella no quería, pero *tenía* que hacerlo.

–No quiero que pase esto.

–Eso es mentira –dijo él, volviendo a besarla.

–No, Karim –ordenó ella, negando su propia sensualidad. Giró la cabeza para evitar la tentación–. ¡Tienes que dejarlo! No está bien. Me voy a casar con el sultán y no deberíamos hacer esto.

–Me deseas –dijo él arrogantemente.

–Sí, pero eso no cambia las cosas –Alexa decidió apartarse levemente de él. Deseó saber cómo calmar la reacción de su cuerpo–. Yo... esto no debería haber pasado. No puedo estar contigo, Karim. No soy la clase de mujer que puede acostarse con un hombre y después casarse con otro. No estaría bien.

Él mantuvo silencio y al rato se apartó de ella. Apagó la linterna y se quedaron completamente a oscuras.

Alexa no sabía qué hacer ni qué decir. Quería acercar la mano y tocarlo, pero sabía que no tenía ningún derecho a hacerlo.

–Tú eres la primera persona en la que he podido confiar en dieciséis años –dijo, alentada por la oscuridad que le permitía decir cosas que jamás diría a la luz del día–. No me atreví a confiar en nadie ni a dejar que se acercaran a mí ya que siempre tenían una razón para hacerlo... razón que siempre me perjudicaba. Contigo ha sido muy diferente. Tú insististe en protegerme aunque yo no quería tu protección. No hemos pasado juntos mucho tiempo, pero siento que realmente te conozco. Eres el primer amigo que he tenido. Y, si las cosas hubieran sido distintas, también habrías sido mi primer amante.

–Ya está bien, Alexa –dijo él con dureza–. Ahora descansa un poco.

La decepción se apoderó de ella como un gran peso sobre su cuerpo.

Se sentó muy erguida durante un momento y trató de razonar con ella misma. Se preguntó qué había esperado... ¿una declaración de amor? No, eso no. Pero sí algo que indicara que sus sentimientos no habían sido sólo algo unilateral. *Sabía que a él le importaba.*

Karim no había expresado esos sentimientos, pero quizá era normal debido a que ella se iba a casar con el sultán. Aunque deseaba que, al menos aquella noche, le confesara cómo se sentía.

Luchando por primera vez en su vida contra un insatisfecho deseo sexual y un serio ataque de conciencia, Karim se quedó allí tumbado hasta que la respiración de ella le dejó claro que se había quedado dormida.

Consciente de la verdad, sabía que ella sería una muy buena esposa para el sultán. Era fiel, ingeniosa y fuerte.

Su misión había terminado y estaba claro qué era lo que iba a ocurrir a continuación.

No había ninguna razón para que el sultán no se casara con ella.

Capítulo 8

CUANDO Alexa se despertó había luz en la cueva.

Se sentó sobre la alfombra. Se sentía cansada ya que se había pasado la mayor parte de la noche evitando caer en la tentación de acariciar a Karim. Una parte de ella deseaba no haberle detenido... habría sido la primera vez en su vida que habría hecho algo que realmente quería.

Pero no podía ser tan egoísta. Tenía que pensar en el sultán y en el pueblo de Rovina.

No había rastro de Karim. Preguntándose dónde habría ido, estaba a punto de gritar su nombre cuando oyó el sonido de un helicóptero aterrizando justo afuera de la cueva.

Se levantó apresuradamente; le temblaban las piernas y tenía la boca seca. Estaba aterrorizada.

La habían encontrado.

Comenzó a dirigirse a la entrada, pero unos fuertes brazos la agarraron e impidieron que saliera de la cueva.

—Todo está bien. No tienes por qué asustarte —dijo Karim—. He sido yo el que ha llamado al helicóptero. Dadas las circunstancias, pensé que era mejor si te sacábamos de aquí lo más pronto posible, antes de que tu tío descubra que ha fallado en sus planes y lo intente de nuevo.

–¿Has llamado a un helicóptero? –dijo ella tras asimilar aquello, suspirando aliviada.

–Efectivamente.

–Así que... ¿me marcho? ¿Vas a venir tú también?

Karim vaciló y la agarró con fuerza del brazo. Entonces la soltó y se echó para atrás.

–No. Te van a llevar directamente a Citadel. Allí estarás segura.

–No quiero ir sin ti –dijo Alexa sin pensar. Entonces se dio la vuelta avergonzada.

No estaba acostumbrada a mostrar sus sentimientos, pero eso había cambiado tras aquella experiencia en el desierto con Karim. Por primera vez desde la muerte de sus padres, había habido alguien que se había preocupado por ella, alguien que la había abrazado tras haber tenido una pesadilla. Y en aquel momento tenía que despedirse de él.

Al sentirse incapaz de moverse de allí, supo que lo que sentía hacia él no era sólo gratitud, sino algo mucho más profundo.

Supo que era amor.

–Alexa... –comenzó a decir Karim. Estaba tenso y levantó una mano en señal de stop cuando uno de los soldados que llegaron con el helicóptero se acercó a ellos–. Todo va a salir bien.

–Sí –dijo ella, permitiéndose el lujo de mirarlo por última vez. Miró su sensual boca y se preguntó si sería capaz de olvidar la manera en la que se habían besado.

Temerosa de que si se quedaba allí de pie durante más tiempo iba a hacer aún más el ridículo, se dio la vuelta y anduvo con rapidez hacia el helicóptero.

Se dijo a sí misma que no mirara para atrás. Se iba a casar con el sultán como había planeado. Lo haría por Rovina y por la memoria de su amado padre. Ocultaría sus sentimientos hacia Karim ya que eso era lo que tenía que hacer.

Al llegar al helicóptero la ayudaron a subir y a sentarse en un asiento. Cuando éste despegó, no pudo contenerse durante más tiempo y miró por la ventanilla. Vio a Karim allí de pie entre el polvo.

Aquel hombre la había protegido, le había dado esperanza, le había enseñado que el amor era posible... incluso para ella.

Debería sentirse feliz y agradecida. No comprendía por qué se sentía como si, por segunda vez, lo hubiera perdido todo.

Si Alexa no hubiera estado distraída pensando en Karim, le habría encantado ver Citadel por primera vez. Era realmente espectacular, con sus altos muros y su precioso palacio interior.

Le dio un vuelco el estómago y recordó todo lo que le había dicho Karim del sultán.

Nadie se atreve a discutir con él.

Sus órdenes son cumplidas inmediatamente.

Se sintió invadida por el pánico y se preguntó qué ocurriría si el sultán se negaba a ayudarla.

Cuando aterrizaron, ocho guardias armados la llevaron hasta los cuartos del sultán en palacio.

Ansiosa, miró a su alrededor a la espera de que apareciera el sultán.

–¿Conoceré pronto a Su Excelencia?

–No lo conocerá antes de la boda, Su Alteza –le dijo una de las mujeres que formaban parte del séquito que se había puesto a su disposición. Le estaban preparando un baño.

–Puedo bañarme a solas –dijo Alexa, no acostumbrada a que la sirvieran.

Pero nadie le hizo caso y en poco tiempo estuvo envuelta por la fragancia del agua de la bañera en la que se tumbó. Pero ni los masajes que le dieron ni aquella perfumada agua lograron que pudiera olvidar a Karim. Era como si él hubiese dejado en ella una marca de propiedad.

Nerviosa, se percató de que no iba a poder hacerlo. No iba a ser capaz de casarse con el sultán debido a todo lo que le había contado Karim. *El sultán tenía un gran apetito sexual.*

Después de lo que había compartido con el guardaespaldas, no sabía si iba a ser capaz de permitir que otro hombre la tocara de aquella misma manera...

–Me gustaría hablar con el sultán –le dijo a las mujeres que la estaban atendiendo.

–Desafortunadamente eso no va a ser posible, Su Alteza –contestó una de ellas–. Trae mala suerte si el sultán ve a su esposa antes de la boda.

–La boda es mañana –dijo otra mujer–. Tras ello, gozará de la completa atención del sultán.

Frustrada, Alexa suspiró.

Observando los pétalos de rosa que flotaban en el agua, se dijo a sí misma que aquél debía ser un momento de alivio y triunfo. Había llegado a Citadel sana y salva, pero el problema era que durante el trayecto hacia la ciudad se había enamorado y casarse con otro hombre parecía una equivocación.

Tras el baño, las mujeres le dieron un largo y relajante masaje con aceites aromáticos. Finalmente, Alexa vio cómo la ayudaban a meterse a la cama en una enorme habitación.

Si no hubiera conocido a Karim, se habría sentido muy relajada y cómoda.

Pero sí que lo había conocido.

Y se había enamorado de él.

Lo que cambiaba su opinión sobre todas las cosas.

Se despertó temprano.

La luz se colaba por las ventanas y se quedó tumbada en la cama. Se preguntó dónde estaría Karim y qué estaría haciendo en aquel momento.

Tras un rato, se sentó en la cama y recordó que era su cumpleaños.

Cumplía veinticuatro años.

Era el día de su boda con el sultán.

Como un recordatorio de ello, oyó cómo llamaban a la puerta y vio cómo la habitación se llenaba de gente dispuesta a ayudarla a prepararse para la boda.

Las siguientes horas transcurrieron rápidamente mientras numerosas mujeres se ocupaban de su peinado, de su maquillaje y de darle los últimos retoques a su traje de novia.

Deseó desesperadamente que Karim no asistiera a la boda ya que no sabía qué ocurriría si no era capaz de ocultar sus sentimientos hacia él. *El sultán era muy posesivo...*

–Su Alteza está muy pálida –dijo la encargada del maquillaje–. No debe ponerse nerviosa. Es usted increíblemente guapa. El sultán estará encantado.

Pero aquella información no animó a Alexa ni lo más mínimo. De hecho, se sintió enferma y no sabía si iba a ser capaz de seguir adelante con aquello.

Se sentía tan enamorada de Karim que no sabía si iba a ser capaz de estar con otro hombre.

Esperó a que el equipo de mujeres que la atendían terminara su trabajo. Una vez estuvo vestida y maquillada, le cubrieron la cabeza y los hombros con varios velos.

–El sultán no puede mirar a su esposa hasta que los votos no se hayan emitido –le explicó una de las mujeres–. Su Alteza está preparada para Su Excelencia. Si es tan amable de seguirme...

El suelo estaba cubierto de pétalos de rosa perfumados y Alexa anduvo despacio.

La guiaron a un hermoso patio y, sorprendida, se percató de que la ceremonia se iba a celebrar al aire libre.

Había un grupo de personas reunido y buscó al sultán con la mirada. Vio a un hombre alto vestido con las ropas tradicionales de la región y, aunque le estaba dando la espalda, supo que era el sultán. Irradiaba autoridad y respeto.

Muy nerviosa, esperó a que se diera la vuelta, pero el sultán no se movió. Entonces las mujeres le indicaron que se acercara.

–El sultán no puede mirar a su esposa hasta que la ceremonia no se haya celebrado –le dijo una de ellas.

La desesperación de Alexa aumentó ya que no sólo se iba a casar con un hombre que no había conocido, sino que ni siquiera lo iba a ver antes de la boda.

Por lo menos no había rastro de Karim y era algo que tenía que agradecer.

La ceremonia comenzó y no entendió nada ya que se celebró en el idioma de Zangrar. Ella emitió sus votos en inglés y en una ocasión miró al sultán. Pero no pudo verle la cara ya que su perfil estaba oculto.

En un momento dado todo el mundo se puso de

rodillas y ella comprendió que la ceremonia había terminado.

Estaba casada con el sultán.

Discretamente la gente se retiró dentro de palacio, por lo que ella se quedó a solas con el hombre que ya era su esposo.

Se preguntó si por fin la iba a mirar.

Quizá él estaba tan enfadado por haberse visto forzado a aquel matrimonio que iban a vivir sus vidas como enemigos.

Cerró los ojos para tratar de aliviar la tensión que se había apoderado de su cuerpo. Pero en aquel momento notó cómo él se acercaba a ella y comenzaba a subirle los velos, uno por uno, para exponer su cara.

Alexa mantuvo los ojos cerrados y sintió que casi no podía respirar.

–Supongo que no pretendes estar durante todo nuestro matrimonio con los ojos cerrados, Alexa.

Al oír al sultán hablar en inglés su voz le resultó familiar. Incrédula, abrió los ojos y lo miró...

–¿Karim? –susurró. Se vio invadida por la felicidad, pero al instante se percató de la situación. A pesar del calor que hacía, sintió mucho frío–. Oh, Dios... eras tú...

–Efectivamente –reconoció él sin disculparse.

La princesa agitó la cabeza y trató de digerir la enormidad de aquello.

Había confiado en *él*.

–Pero tú... yo... yo te confié tantas cosas –dijo–. Fui sincera contigo.

–Y eso está bien. No te tienes que disculpar ni arrepentirte de ello.

–¡Sí que me arrepiento! Lo que hiciste no estuvo bien, Karim –dijo Alexa, sintiéndose invadida por el dolor y la vulnerabilidad–. ¡Me engañaste! ¡Confié en ti y me engañaste! Fingiste ser otra persona.

–El engaño fue necesario –dijo él. Se puso frente a ella y adoptó una actitud arrogante–. Ser la esposa del sultán es una posición de gran responsabilidad. ¿Realmente crees que le hubiera dado ese honor a una mujer que tuviera la reputación que tú tenías?

–No querías que me casara contigo, ¿verdad? Por eso decidiste escoltarme personalmente. Trataste de que yo cambiara de idea –dijo ella, mirándolo a los ojos–. Todas esas historias que me contaste del sultán... –tenía la boca tan seca que tuvo que chuparse los labios para poder seguir hablando– todas aquellas experiencias del desierto... todo era para que yo me echara para atrás. Querías que regresara a Rovina.

Alexa se dijo a sí misma que él no había sentido nada hacia ella. Todo había sido una farsa.

–Me complace mucho que la mayor parte de tu reputación fuera fabricada por tu tío.

¿La mayor parte? Alexa se percató de aquella puntilla.

–No me puedo creer que haya sido tan tonta. ¿Cómo no me di cuenta antes? Aquel hombre en las tiendas de campaña en el desierto la primera noche... no fue a *mí* a quien reconoció, ¿verdad? Te reconoció a ti. Y cuando estábamos en la cueva y telefoneaste para pedir un helicóptero... –tuvo que hacer una pausa– llegamos a Citadel en cuestión de horas. Todo aquello sobre que había que viajar por el desierto...

–Admito que las comunicaciones en Zangrar no son tan malas como quizá te hice creer. Pero era necesario que pasara tiempo contigo.

–Para asustarme y que no me casara con el sultán.

–Yo *no* te asusté –dijo Karim, respirando profundamente.

–Pero lo intentaste, lo intentaste con todas tus fuerzas. Todo aquello sobre las serpientes y los peligros del desierto, la imagen que me diste del sultán... de ti mismo...

–No me inventé nada de eso. Simplemente te enfrenté a la realidad de la situación.

–Excepto por el hecho de que omitiste presentarte completamente –corrigió Alexa, que no se creía que hubiera podido ser tan crédula–. Dime la verdad, ¿cuánto hubiéramos tardado en llegar a Citadel en helicóptero desde el aeropuerto?

–No mucho.

–¿*Cuánto*?

–Un breve trayecto.

–No había necesidad de que estuviéramos en el desierto. Nos expusimos a un riesgo innecesario. ¡*Tú* me expusiste al riesgo!

–En aquel momento no sabía que estuvieras en peligro. Y te hubiera protegido... de hecho *te* protegí.

–¡Eso no excusa tu comportamiento, Karim! Permitiste que me apoyara en ti. Confié en ti y me traicionaste.

–¿Dónde? ¿Cuándo? Tú te acercaste a mí. Aquella noche en la tienda de campaña, cuando tuviste aquella pesadilla, me pediste que te consolara y lo hice. Cuando te iban a atacar, me pediste protección y te la di. ¿De qué manera te he traicionado?

–No siendo sincero sobre tu verdadera identidad –contestó ella.

–Si hubieras conocido mi identidad, no habrías sido tan abierta y ahora no estaríamos casados.

–Sí, lo estaríamos. Tú nunca tuviste la opción de detener el matrimonio.

–Créeme, Alexa, podía haberlo evitado –dijo él, esbozando una adusta sonrisa.

–¿Y por qué no lo hiciste?

–Porque ya no había necesidad. Después de pasar más de dos días contigo, me quedó claro que te convertirás en una esposa estupenda. En algunas cosas incluso más que estupenda.

–Oh –dijo ella, atrapada por la sexualidad que reflejaba la mirada de él. Se ruborizó al recordar las intimidades que habían compartido en la cueva–. Casi... podríamos haber...

–Sí, podíamos haberlo hecho. Casi lo hicimos. Y el hecho de que tú te echaras para atrás por tu inminente matrimonio jugó mucho a tu favor. Es por eso por lo que ahora mismo estás aquí de pie.

–¿Fue una prueba? –preguntó Alexa, mirándolo con el horror reflejado en la cara–. Cuando estuvimos en la cueva... ¿me estabas probando?

–No. La pasión que había entre nosotros era sincera y no te culpo por la manera en la que reaccionaste. Obviamente has tenido una vida muy difícil. Era natural que te apoyaras en alguien que te ofrecía consuelo.

Confusa y abatida, Alexa dio unos pasos atrás para alejarse de él.

–No te puedo perdonar por lo que hiciste –dijo.

–Yo no te he pedido que lo hagas. ¿Qué es lo que tendrías que perdonarme? Querías casarte con el sultán y lo has hecho. Has conseguido tu objetivo. Deberías estar agradecida.

En aquel momento, de lo único que ella se sentía agradecida era de no haberle confesado sus sentimientos. Por lo menos se había ahorrado aquella humillación.

—¿Qué ocurrirá ahora?

—He tenido éxito en mantener nuestra boda en privado, pero esta noche hay un banquete en tu honor al que asistirán muchos jefes de estado y dignatarios.

—No quiero ir –dijo Alexa, impresionada–. Tal y como me siento ahora mismo, no seré capaz de sentarme a tu lado ni de charlar con la gente.

—*Tú* querías este matrimonio –dijo él, esbozando una dura expresión.

—*Tú me engañaste*.

—No me gusta tener que repetir las cosas, pero estoy dispuesto a ser indulgente por el hecho de que estás muy disgustada. Tal y como me hablaron de ti, no eras una persona *adecuada* para convertirte en la esposa del sultán. Y yo hice lo que tenía que hacer.

—Así que cuando me besaste aquella noche en Rovina también era algo que tenías que hacer, ¿verdad?

—Aquella noche en Rovina fuiste tú quien me besó a *mí*, pero ya no te culpo por ello. La química que hay entre ambos es sorprendentemente fuerte y eso es bueno. Y ahora, ya es suficiente. He estado ausente durante varios días y tengo trabajo que hacer antes del banquete.

—No voy a ir al banquete.

—Eres la esposa del sultán y se espera que cumplas con tu papel.

Alexa lo miró y se preguntó qué más cosas se esperaba que ella cumpliera. Había deseado a Karim con una desesperación que la había impresionado, pero al saber que era el sultán...

Todo era diferente.

—Elegiste casarte conmigo porque querías mi protección, *habibati* –dijo él–. Y ahora la tienes. Cuando llegue el momento, te ayudaré a solucionar los problemas de Rovina. A cambio, espero tu lealtad y respeto.

–Ninguna de esas dos cosas puede ser comprada –dijo ella fríamente–. Asistiré a tu banquete porque es mi trabajo.

–Bien. ¿Y qué pasa con la noche de bodas? ¿También vas a considerarlo como un trabajo?

–No tengo ninguna intención de acostarme contigo –espetó ella, ruborizada.

–«La fiera Alexa» –dijo Karim, sonriendo–. Quizá sí que seas «la princesa rebelde». No finjas que no sientes nada por mí, *habibati*, porque ambos sabemos que ése no es el caso –tomó entre sus dedos un mechón de pelo de ella–. Aquellas calurosas noches en el desierto no mintieron.

–¡Pero *tú* sí que lo hiciste! Confié en ti, Karim, y me *mentiste*. Y eso es importante. Para una mujer el sexo es mucho más que sólo química. Confié en el hombre con el que estuve en el desierto.

–Yo soy ese mismo hombre. ¿Cuál es el problema?

–¡No eres el mismo hombre, Karim! Eres alguien a quien no conozco.

–Entonces permitiré que me conozcas mejor. El misterio de quién soy realmente se solucionará rápidamente, esta misma noche, cuando vengas a mi cama –dijo él, acariciándole la mejilla posesivamente.

–No me toques –ordenó Alexa, apartando la cara.

–*Te tocaré* y tú me tocarás a mí –predijo él, confiado de su poder sexual–. Elegiste, Alexa. Fuiste tú la que buscó la protección del sultán. Ahora tienes esa protección, así como todo lo que ello implica. Estaré a tu lado noche y día, pero ahora como tu sultán, no como tu guardaespaldas.

Alexa lo miró a la cara y vio el peligroso brillo que reflejaban sus oscuros ojos. Él tenía razón, desde luego. Ella *había* buscado su protección, pero estaba comenzando a preguntarse si no había cometido un gran error...

Capítulo 9

EL BANQUETE de bodas fue muy glamuroso y a él asistieron cientos de personas que aparentaban querer pasar tiempo con Karim.

Alexa estuvo a su lado y aceptó las felicitaciones que le ofrecían. Pero estaba furiosa con Karim y aún más furiosa consigo misma por lo tonta que había sido. Se preguntó cómo no se había percatado de que era el sultán...

En un momento dado él la miró y ella sintió un cosquilleo por todo el cuerpo. Todavía lo deseaba y se preguntó si no tenía orgullo.

Él sólo se había casado con ella una vez había descubierto que su mala fama había sido inventada. No podía fingir que aquel matrimonio tenía que ver con el amor.

Según pasaba el tiempo no podía pensar en otra cosa que no fuera la noche que tenían por delante. Cuando finalmente el sultán se levantó de la mesa, estaba tan nerviosa y le temblaban tanto las piernas que apenas podía andar. Él la guió fuera.

—¿Siempre es así? No has tenido ni un momento de tranquilidad durante el banquete —le dijo a Karim al cerrarse tras ellos las puertas de sus cuartos privados.

Alexa miró a su alrededor y se sintió extremadamente nerviosa.

Durante toda la velada había estado alterada al tenerlo sentado a su lado y odiaba el hecho de que con el simple roce de sus piernas su cuerpo había estado a punto de explotar.

Karim se acercó a servirse una bebida.

—En la antigüedad, mis antepasados decidieron que la celebración de la boda del sultán debía ser una explosión de generosidad y energía. Creo que la costumbre tiene algo que ver con el compartir la buena fortuna —dijo, sonriendo levemente—. Según parece, creían que el sultán estaría tan extasiado ante la perspectiva de llevar a la cama a su nueva esposa que diría que sí a todos y a todo.

—¿Lo has hecho tú? —preguntó ella con el corazón revolucionado.

—¿Que si he dicho a todo que sí? —dijo Karim, sonriendo aún más—. La verdad es que no, Alexa. Pero quizá sí que he sido más asequible que de costumbre.

—Tú no tienes nada que celebrar. Este matrimonio no es lo que tú querías.

—Pero sí lo que querías tú —le recordó suavemente él con la burla reflejada en sus oscuros ojos—. Estabas dispuesta a viajar sola por el desierto para ser mi esposa, Alexa. ¿Te has olvidado de ello? ¿Por qué ahora parece que quisieras salir corriendo?

—Estaba desesperada por escapar de mi tío —dijo ella.

—Sí, eso lo comprendo. Y para lograrlo estabas dispuesta a casarte con un hombre al que ni siquiera conocías.

—Pero ahora te he conocido...

—Y la química entre ambos es explosiva. Si no hubieras estado renuente a acostarte con otro hombre una vez estabas prometida con el sultán, ya serías mía. Irónico, ¿verdad? ¿Quieres que me vista de guardaespaldas y que vuelva al desierto contigo? ¿Te ayudaría eso, Alexa?

Ella se dijo a sí misma que no iba a permitir que nadie le volviera a hacer daño.

Estaba muy enfadada con él e iba a utilizar ese enfado para protegerse.

–Yo estaba asustada y tú me consolaste.

–¿Estás sugiriendo que la primera explosión de pasión entre ambos no fue más que un acto de consuelo? Yo creo que no –Karim parecía pensativo–. Tú te estabas guardando para el sultán... y muy bien hecho. Afortunadamente para ambos, la espera ya ha acabado.

–¡Tú no me deseas! –explotó ella.

–No es ningún secreto que yo no hubiera elegido este matrimonio, pero soy consciente de mis obligaciones con Zangrar y ahora he cumplido con la mayor parte de ellas.

–¿Parte?

–La segunda parte estará cumplida cuando des a luz a nuestro primer hijo –contestó él, acercándose a ella.

–Quizá sea una niña –dijo Alexa con el corazón revolucionado. Se echó para atrás.

–Si es una niña será muy querida. *Deja* de escapar –ordenó él, agarrándola por la cintura–. Te estás comportando como una virgen asustada y no tiene sentido. Ya no hay necesidad de negar la pasión que sentimos en el desierto.

–Karim...

–*Ya hemos hablado suficiente* –masculló él en los labios de la princesa.

La besó ardientemente y ella tuvo que dejar de protestar ya que se sintió invadida por la pasión.

Se olvidó de que él la había engañado.

Se olvidó de todo excepto de la manera en la que aquel hombre le hacía sentir.

Karim hundió los dedos en su pelo y las eróticas caricias que le estaba dando con la lengua en la boca provocaron que ella se sintiera aturdida. Tuvo que apoyarse en el pecho de él ya que sabía que las rodillas no le iban a aguantar durante mucho más tiempo. El sultán debió darse cuenta de aquel efecto sobre ella ya que la tomó en brazos y la llevó al dormitorio. Allí la dejó en el suelo.

Entonces le acarició la espalda con delicadeza y sólo cuando el vestido que llevaba Alexa cayó al suelo ella se percató de que le había bajado la cremallera. Estaba temblando de necesidad. Karim se desnudó y expuso su duro y masculino cuerpo ante ella. Pero al darse cuenta de la expresión de los ojos de la princesa se detuvo y le acarició la mejilla.

—¿Estás nerviosa, *habibati*?

Oh, sí, Alexa estaba muy nerviosa. Y era porque sabía que cuando le entregara su cuerpo a aquel hombre ya no habría marcha atrás.

Karim volvió a besarla posesivamente mientras le acariciaba el cuerpo y le quitaba la ropa interior. La princesa echó la cabeza para atrás y emitió un pequeño grito al sentir la excitación apoderarse de su pelvis.

En realidad él no la había tocado en sus partes más íntimas, pero aun así ella estaba estremeciéndose de necesidad. Karim debió haberlo sentido también ya que la tumbó en la cama y se puso sobre ella.

Repentinamente la delicadeza y la prudencia desaparecieron.

El deseo había estado aumentando durante horas. Días. Él la estaba acariciando con ansia y la respuesta de ella era igual de desesperada.

Quería que él la acariciara.

Y quería acariciarlo a él.

Comenzó tocándole un hombro y disfrutó de la masculinidad de su cuerpo. Él le correspondió y exigió con su boca. Capturó uno de sus endurecidos pezones y ella gimoteó al sentir cómo un intenso placer se apoderaba de su cuerpo. Karim chupó su pecho con fuerza para luego hacer lo mismo con el otro hasta que ella se volvió loca de pasión y tuvo que satisfacer su hambre... Entonces comenzó a mover las caderas hasta sentir cómo él la sujetaba con fuerza.

Alexa estaba tan desesperada, tan *preparada*, que cuando por fin Karim llegó con sus dedos al centro de su feminidad gritó su nombre con desesperación mientras sentía su primer orgasmo. La excitación que sintió fue tan poderosa que pensó que se iba a desmayar. Él la besó de nuevo y Alexa se sintió sobrepasada por todas las sensaciones que se habían apoderado de su cuerpo. Se abrazó a los suaves hombros de él.

—Eres increíble. Eres tan receptiva —susurró Karim.

La voz de él provocó que Alexa volviera a la realidad y se percatara de que Karim todavía tenía los dedos dentro de ella.

—Oh... —dijo, ruborizándose.

Trató de apartarse de él, pero Karim simplemente sonrió y le abrió aún más las piernas. Entonces comenzó a acariciarle la piel con la lengua mientras bajaba hacia el centro de su feminidad. Ella gimió al

sentir cómo él retiraba sus dedos y los sustituía por
su lengua. Trató de protestar, pero su cuerpo estaba
tan consumido por aquel delicioso placer que lo
único que hizo fue abrirse más para él. Karim utilizó
la lengua y los dedos tan delicada y hábilmente que
ella se sintió invadida de nuevo por la pasión. Estaba
desesperada porque le diera más...

–Por favor –suplicó, arqueando las caderas–. Por
favor, Karim...

Él se colocó sobre ella con un atlético movimiento.
Alexa sintió su erección, caliente y pesada, entre sus
piernas. Sintió cómo la tocaba íntimamente y trató de
moverse, pero él la colocó en la posición correcta y
la penetró con fuerza. Tomó posesión de su húmedo,
tembloroso y ansioso cuerpo con una gran determinación.

Fue algo caliente, salvaje y momentáneamente do-
loroso.

Alexa le clavó las uñas en los hombros, pero el
dolor desapareció casi inmediatamente y lo único
que sintió fue un intenso placer.

–¿Alexa? –dijo Karim, repentinamente tenso. Se
detuvo, se apartó de ella y la miró–. ¿Soy tu primer
amante?

–Sí –contestó la princesa, mirándolo directamente
a los ojos y abrazándole el cuello.

–No te ha tocado ningún otro hombre.

–No –dijo ella, preguntándose a sí misma por qué
había elegido él aquel momento para hablar.

Karim respiró profundamente y le dio un beso en
la comisura de la boca en un gesto sorprendentemente delicado.

–Pues eso me da mucho placer –dijo, volviendo a
penetrarla de una manera más contenida. Entonces le

hizo el amor a un ritmo que se mezcló con el de ella, que se vio devorada por la más exquisita de las pasiones. En poco tiempo se sintió al borde del éxtasis y finalmente su cuerpo convulsionó sobre el de él. Sintió cómo sus músculos se apretaban alrededor del excitado miembro de Karim. Oyó cómo él gemía y sintió cómo intensificaba el ritmo al llegar a la cima de la pasión...

La explosión dejó a ambos agotados.

Alexa se quedó allí tumbada. Estaba exhausta, pero dentro de sí sentía una gran calidez... y no era sólo por el sexo, sino por la proximidad física.

Al igual que aquella noche en la cueva, sintió que él se preocupaba por ella.

Y tuvo que reconocer que ella también se preocupaba por él... por mucho que eso la asustara.

Lo amaba.

Guardaespaldas o sultán, amaba a Karim.

Sólo quería abrazarlo, pero en ese momento él se apartó de ella. La dejó desnuda y expuesta.

Despojada de aquel contacto físico, se dio la vuelta hacia él con la intención de acurrucarse en su cuerpo y demostrarle el efecto que habían tenido en ella sus caricias. Pero entonces lo miró y se detuvo. Se preguntó en *qué* estaba pensando.

Aquel hombre la había engañado, había ocultado su identidad y no se había arrepentido.

Guardaespaldas o sultán, él no la amaba.

Karim se quedó tumbado de espaldas, luchando para recuperarse del mayor clímax que jamás había experimentado. No recordaba haberse sentido nunca tan excitado por una mujer.

En otras circunstancias ya se habría apartado de ella, pero se quedó allí tumbado. Esperó que el pánico se apoderara de su cuerpo con simplemente pensar en la palabra «*relación sentimental*»... pero no ocurrió nada. Simplemente se sintió satisfecho y saciado, dispuesto a repetir la experiencia... tentado a repetir la experiencia.

Pero al acercarse a ella se percató de que se había quedado dormida...

Cuando Alexa abrió los ojos, la luz del sol se colaba en la habitación y pudo ver que Karim la estaba mirando. ¡Aquel hombre era tan masculino! Deseó echarse sobre él y suplicarle que repitieran lo que habían hecho la noche anterior.

—¿Cómo te sientes? —preguntó él con delicadeza.

—Bien —contestó ella. En realidad se sentía muy vulnerable.

—¿Bien? —cuestionó él, frunciendo el ceño.

—¿Cómo te sientes *tú?*

—Estupendamente. Eres la amante más increíble, *habibati*.

—Oh.

—Anoche te quedaste dormida —dijo él, reposando la mano en la cadera de ella y bajándola a continuación seductoramente por su muslo.

—Estaba cansada.

—Creo que también sentías mucha vergüenza —susurró Karim, acariciándole el trasero—. Estoy seguro de que tenías cosas que decir y quiero que sepas que estoy dispuesto a escuchar lo que sea. Eres mi esposa y no quiero que te guardes cosas para ti. La sinceridad es importante.

–¿De verdad? Me sorprende oír que piensas eso... pero, si ése es el caso, entonces debes saber que sigo pensando que lo que hiciste estuvo muy mal.

–¿*Mal?* –dijo él. Estaba tenso–. ¿Exactamente qué fue lo que estuvo *mal?* Tú estabas muy excitada.

–¡No estaba hablando sobre el sexo! –espetó Alexa, apartándose levemente de él–. ¡Estaba hablando del hecho de que no me dijeras quién eres! Eso es lo que estuvo *mal*, Karim. Confié en ti y tú te aprovechaste de esa confianza. Te conté todo de mí y tú no me contaste *nada* de ti.

Karim murmuró algo que ella no comprendió y se levantó de la cama sin importarle el estar desnudo.

–¿Por qué insistes en enfurruñarte por algo del pasado?

–No estoy *enfurruñada* –dijo la princesa, sentándose en la cama–. Me acabas de decir que podía decir cómo me sentía –entonces se tapó su desnudo cuerpo con la sábana–. ¡Y así es como me siento!

Karim comenzó a andar por la habitación como una bestia encerrada.

–¡No esperaba que fueras a utilizar la oportunidad para volver a sacar un tema que debía estar olvidado!

–Así que puedo hablar siempre y cuando diga lo que tú quieres oír, ¿no es así? –dijo Alexa, temblando debido a lo frustrada que estaba. No comprendía cómo él no entendía que debía disculparse–. ¡Para mí no está olvidado! Me engañaste, Karim. Ocultaste tu identidad.

–Por una buena razón. Sólo quería encontrar la manera de evitar mi boda con la «princesa rebelde».

–Pero ésa no era yo.

–Ahora ya lo sé –dijo él–. Pero no lo supe hasta

que no pasé tiempo contigo. Todo lo que tenía delante de mí era una gran lista de tus extravagancias y comportamiento arriesgado. El pueblo de Zangrar se merece algo mejor tras haber sufrido en las manos de mi madrastra.

–¿Qué tiene que ver tu madrastra con todo esto? –quiso saber ella, sorprendida.

–Todo –contestó Karim, tenso–. Pero eso no es de tu incumbencia.

–¡Yo no estoy de acuerdo! Si me estás echando la culpa por sus fechorías, por lo menos merezco saber qué hizo.

Karim se acercó a la ventana y se detuvo por un momento. Entonces se dio la vuelta para mirarla.

–Cuando mi madre murió, mi padre se convirtió en el objetivo de un sinfín de mujeres sin escrúpulos –le confió, esbozando una cínica sonrisa–. Así funciona el mundo, ¿verdad? Donde hay dinero y poder, siempre habrá mujeres. Y desafortunadamente las mujeres, especialmente las mujeres guapas, eran la debilidad de mi padre.

–Oh.

–Sí, oh. Mi madrastra fue un desastre. Logró apoderarse de grandes sumas de dinero de mi padre y se lo gastó todo en ella misma. Sólo pensaba en el lujo y en las fiestas... no tenía ningún tipo de interés en tratar de mejorar la calidad de vida de la gente de Zangrar. Ella fue la «princesa rebelde» original. Su comportamiento egoísta causó mucho malestar.

–Me lo puedo imaginar –dijo Alexa, pensando que era parecido a lo que había hecho William en Rovina–. ¿No tenías tú ningún tipo de influencia en tu padre?

–Ella se aseguró de que no fuera así. Convenció a

mi padre de que me mandara a un internado cuando yo sólo tenía siete años –contestó él–. Desde allí fui a la universidad para estudiar Derecho y después estuve en el ejército. Por aquel entonces pasaba en Zangrar largas temporadas, pero frecuentemente trabajando de incógnito en el desierto. Durante esa época aprendí mucho sobre lo que la gente pensaba de mi madrastra... y de mi padre.

–¿No tuvo ella hijos propios?

–Eso hubiera supuesto tener que preocuparse por alguien más aparte de ella misma y mi madrastra no era de las que comparten protagonismo. Al crecer me di cuenta del efecto que estaba teniendo en Zangrar, pero no fui capaz de hacer nada. Del ejército regresé a la universidad para estudiar Económicas. Entonces vine a vivir a Zangrar, preparado para ocupar un cargo de responsabilidad en el gobierno y tratar de frenar el comportamiento de mi madrastra.

–¿Lo lograste?

–Mi padre era completamente adicto a ella; era consciente de sus defectos, pero no podía resistirse a sus encantos. Y mi madrastra era una mujer muy lista. Utilizó todas las artimañas que pudo para tratar de ponerme de su lado.

Alexa lo miró con complicidad y él esbozó una irónica sonrisa.

–Sí, incluso ésa, pero no funcionó, desde luego. La situación era muy tensa...

–¿Y? –incitó Alexa, ansiosa por saber el final de la historia.

–Ella murió al caerse de un caballo. Mi padre se quedó deshecho y sufrió un ataque al corazón pocos días después. Zangrar fue un caos, pero yo tenía optimismo en poder restablecer la normalidad y en poder devolverle la confianza a la gente del pueblo –hizo una pausa–. Entonces descubrí que mi padre había establecido, hacía muchos años, mi matrimonio con otra «princesa rebelde»... algo que no me había contado antes de morir. Yo sabía que si se celebraba el matrimonio todo lo bueno que había logrado para Zangrar no serviría para nada. Era la única manera que tenía de proteger a mi pueblo.

–Yo... no sabía nada de eso –dijo Alexa, sintiendo cómo su enfado se disipaba.

–Bueno, ahora ya lo sabes. Recuérdalo antes de acusarme de que te he engañado.

–¡Yo no puedo leer la mente de las personas, Karim! Deberías haberlo dicho antes.

–No era relevante.

–¡Para mí, sí! ¡Me hubiera ayudado a entenderte!

–Nunca he esperado o exigido que una mujer me entendiera –dijo él, enfurruñado.

Alexa simplemente se sentía confundida.

–¿Qué es lo que quieres de mí? Dijiste que querías que fuera sincera y lo he sido –dijo–. Pero ahora estás enfadado. ¿Qué esperabas que dijera cuando me desperté esta mañana?

–¡*Esperaba* que me mostraras afecto!

–¿Afecto? –dijo ella, extremadamente sorprendida.

–Cuando estuvimos en el desierto no tuviste problemas en mostrarme tus sentimientos. Te aferraste a mí y me dijiste lo desesperada que estabas porque alguien te abrazara y te consolara.

–Yo no... –comenzó a decir ella, ruborizada.

–¡No! –espetó él, indicándole con una mano que se callara–. ¡No te voy a permitir que niegues aquellos sentimientos, Alexa! Tu capacidad para mostrar tus sentimientos fue una de las razones por las cuales decidí que serías una esposa adecuada. Yo no quería estar con una mujer como mi madrastra, que no tenía sentimientos hacia nadie más que hacia ella misma. No quería eso ni para mí ni para nuestros hijos.

–Yo no tenía sentimientos hacia *ti*, tenía sentimientos hacia mi guardaespaldas. Tú simplemente me hacías sentir segura... eso era todo –dijo ella, tratando de protegerse–. Lo que viste fue gratitud, Karim. Y no me puedo creer que alguien con tanta experiencia como tú confunda la gratitud con algo más profundo.

Alexa pensó que era muy importante que él no supiera cuánto de ella misma le había entregado.

–Me ayudaste a escapar de mi tío. Podrías haber sido un camello pulgoso con tres piernas y yo me hubiera seguido sintiendo agradecida contigo.

–¿Esperas que me crea que fue gratitud lo que te hizo aferrarte a mí cuando tuviste una pesadilla? ¿Que era gratitud lo que te hizo abrazarme en la cueva?

–Desde luego –dijo Alexa. No se iba a exponer nunca más–. Quizá seas el sultán, pero no puedes simplemente ordenarle a alguien que se preocupe por ti. El afecto se gana, Karim.

–Te rescaté de tu tío. Me casé contigo, que era lo que tú querías. ¿Cuál es el precio de tu afecto?

–¿Por qué querrías que yo tuviera sentimientos hacia ti? Me dijiste que no creías en el amor.

–Eres mi esposa –dijo él con énfasis–. Tienes sentimientos hacia mí, sé que los tienes. Espero que los expreses... como hiciste aquella noche en la cueva.

Quiero que seas sincera conmigo ya que si no, este matrimonio no será un matrimonio feliz –entonces se dio la vuelta y entró a toda prisa en el cuarto de baño, dando un portazo tras de sí.

Capítulo 10

K ARIM permaneció bajo el agua helada de la ducha y esperó a que disminuyera su enfado. No comprendía por qué Alexa no quería mostrarle el afecto que sentía hacia él... afecto que obviamente existía.

–¿Por qué te estás dando una ducha fría? –preguntó una titubeante voz femenina.

Entonces Karim pudo ver a Alexa. Estaba frente a él y llevaba puesto su albornoz.

–He venido a disculparme –dijo–. Yo... yo no sabía nada de tu madrastra hasta hoy. Obviamente ahora comprendo por qué querías evitar casarte conmigo.

–Otra «princesa rebelde» era lo último que necesitaba Zangrar –dijo Karim, cerrando el agua.

–Sí, me doy cuenta de ello. Simplemente desearía que me lo hubieras contado antes, pero no lo hiciste, ¿no es así? Ni siquiera cuando supiste la verdad sobre mí.

–No estoy acostumbrado a confiar en nadie.

–Ni yo tampoco.

–Pues confiaste lo suficiente en mí como para casarte conmigo, Alexa.

–Tenía que hacerlo. Tú eras mi última esperanza –la princesa vaciló–. Antes de que me juzgues con demasiada severidad debes comprender una cosa sobre mi vida. Esperas que te cuente todo sobre mí, pero te olvidas de que he estado los últimos dieciséis años no permitiéndome hacer eso mismo. Así logré sobrevivir.

–Lo sé –dijo Karim, agarrando una toalla y colocándosela alrededor de la cintura–. Pero ahora estás segura, ¿no es así?

–Sí, pero no puedo cambiar de un día para otro.

–Espero que seas sincera conmigo.

–Esperas que te cuente todo de mí, pero tú no haces lo mismo, ¿verdad?

–Yo ya te he otorgado lo que esperabas de este matrimonio. Protección. Nunca fue parte de nuestro acuerdo que yo me abriera ante ti.

–Tienes razón. Fui *yo* la que insistí en este matrimonio y tú *sí* que me rescataste de mi tío. Te debo mucho, lo sé. Y estoy dispuesta a ser todo lo que la esposa del sultán debe ser... simplemente no esperaba que ello implicara afecto –dijo Alexa. Parecía confundida–. Me tomaste por sorpresa. Nadie ha esperado antes eso de mí. No sabía que tú lo querías.

Hasta la noche anterior él tampoco lo había sabido.

–Tú eres mi esposa... quiero todo de ti, Alexa.

–No estoy acostumbrada a confiar en nadie. No estoy segura de que pueda hacerlo –dijo ella, respirando profundamente–. Me da miedo.

–¿Miedo? –dijo Karim, sintiendo cómo el enfado abandonaba su cuerpo–. Por lo que puedo suponer, tu vida ha estado en peligro desde que eras una niña. Has mostrado una valentía increíble. ¿Cómo puede ser que te asuste el mostrar afecto?

–Porque he descubierto que confiar en alguien para después ver cómo te rechazan es la peor experiencia de todas –contestó ella, dando un paso atrás y tropezando.

Karim la agarró y evitó que cayera al suelo. Sintió cómo la excitación se apoderaba de su cuerpo y la soltó inmediatamente, como si le quemara. No comprendía la manera en la que reaccionaba ante aquella mujer. Cuando estaba cerca de ella perdía el control.

Como le había ocurrido a su padre...

–¿Te refieres a tu tío? –preguntó él, dando a su vez un paso atrás.

–No, nunca confié en él. Pero al principio hubo otras personas –dijo, tragando saliva dolorosamente–. Yo era sólo una niña, Karim. Y estaba acostumbrada a que me quisieran. Mis padres me habían querido y durante un tiempo acudí a todo el mundo con la esperanza de que alguien me ayudara.

–¿Y nadie lo hizo?

–Todos tenían demasiado miedo de mi tío. Pero yo estaba tan desesperada por tener apoyo que tardé mucho tiempo en dejar de confiar en las personas. Supongo que parte de mí simplemente no quería creer que aquello me estaba ocurriendo. Hace tanto tiempo que no confío en nadie y que no muestro ningún tipo de afecto que no estoy segura de poder hacerlo de nuevo tan fácilmente.

–Puedes y lo harás ya que ahora no tienes por qué sentir miedo –aseguró Karim, dejándose llevar por un impulso y abrazándola–. *Nadie* te pondrá una mano encima otra vez y, a pesar de lo que piensas, *puedes* confiar en mí.

–¿Puedo? –dijo ella, mirándolo. Sus ojos azules reflejaban vulnerabilidad.

–Sí, todo lo que te dije aquella noche en la cueva

es cierto. No voy a permitir que nada ni nadie te haga daño.

—Porque soy tu esposa —dijo Alexa con cierta nostalgia.

—Desde luego —concedió él, preguntándose qué quería ella de él.

—Di... dijiste que quizá nuestro matrimonio no sea feliz.

—Dije que no lo sería si no eres sincera. Sé sincera conmigo, Alexa, y nos irán muy bien las cosas.

—Pero tú no amas, ¿no es así, Karim? Ya me lo has dejado claro.

—Te he dicho que puedes confiar en mí. Jamás te fallaré como hizo tu tío. Necesitaba una esposa y tú necesitas protección. Es un intercambio justo —dijo él, abriéndole el albornoz y quitándoselo—. Te queda demasiado grande.

—Oh —dijo Alexa, ruborizándose al verse desnuda delante de él.

—Eres increíblemente hermosa —dijo él, excitado—. ¿Te lo había dicho ya esta mañana?

—No —contestó ella sin mirarlo a los ojos—. ¿Te duele el brazo?

—En absoluto —mintió él, levantándole la barbilla con la mano.

—¿Qué quieres de mí, Karim?

—Todo —contestó él, abrazándola con fuerza—. Todo, Alexa, recuérdalo.

Ella se sintió muy bien.

Karim la tomó en brazos y la llevó al dormitorio, donde la tumbó de espaldas en la cama y se colocó sobre ella. Entonces la besó y se dispuso a convertirla en una vibrante y amantísima esposa.

La dulzura de sus labios fue como un puñetazo de

pasión, pero no quería hacerle daño. Así que refrenó sus impulsos y comenzó a seducir a su esposa. Utilizando manos y boca, exploró cada milímetro de su tembloroso cuerpo hasta que fue difícil saber quién era el que estaba más desesperado.

–Karim... –sollozó ella, presionando sus caderas contra él en una descarada invitación.

Pero él ignoró su propio deseo, así como la súplica de ella, y continuó volviéndola loca.

–¡Karim! Por favor, por favor... –imploró Alexa, revolviéndose en una agonía de excitación.

Él acercó su mano al húmedo centro de su feminidad. Alexa estaba tan caliente, tan húmeda y tan preparada para él, que tuvo que apretar los dientes para evitar tomarla en aquel mismo momento con una feroz fuerza.

En vez de ello la penetró despacio. Cuando la sedosa calidez de ella le rodeó, gimió y hundió la cabeza en su cuello. Respiró su fragancia y saboreó su piel con la boca.

Entonces sintió cómo el primer espasmo del orgasmo de ella apretaba su miembro. Perdió todo control y le hizo el amor con toda la pasión y urgencia que el cuerpo de ella exigía. A los pocos segundos él mismo disfrutó de un clímax de tales proporciones que se le nubló la vista y se quedó completamente en blanco.

Pasó un tiempo considerable hasta que se sintió de nuevo un ser humano. Cerró los ojos con la esperanza de recobrar un poco de control y sintió cómo ella se daba la vuelta hacia él. Entonces abrió los ojos para mirarla y vio a una mujer que tenía el aspecto de estar muy satisfecha.

Estaba a punto de ponerla sobre su cuerpo para

enseñarle una nueva posición cuando ella le puso una mano en el abdomen y se acurrucó en él.

–Ha sido increíble, *habibati* –dijo Karim, sonriendo satisfecho y abrazándola con fuerza.

–Sí –dijo ella dulcemente–. ¿Saldrá todo bien?

–Desde luego –contestó él, tratando de tranquilizarla–. Eres mía.

Un mes después, Alexa no podía creer lo mucho que había cambiado su existencia.

Por primera vez en su vida se sentía segura.

El palacio estaba repleto de guardias armados y la seguridad dentro de Citadel era extrema.

Exploró Zangrar e hizo un gran esfuerzo en aprender el idioma. A veces Karim iba con ella, pero tenía muchos compromisos y, en ocasiones, tenía que esperar a la noche para verlo.

–Me siento como si tuviera que concertar una cita para verte –le dijo una noche mientras cenaban juntos en uno de los patios de palacio.

–¿Me has echado de menos? –preguntó Karim–. Me alegra saberlo, *habibati*. Me han dicho que hoy fuiste a visitar el hospital. Ha sido muy amable por tu parte.

–Me lo enseñaron y me explicaron el trabajo que hacen. Necesitan un nuevo escáner, Karim. El jefe del departamento de radiología me contó todo lo que podrían hacer si tuvieran uno nuevo. ¿Crees...? Quiero decir que... le dije que te lo mencionaría...

–¿Has estado gastando mi dinero de nuevo, Alexa?

–Simplemente prometí que te lo preguntaría, eso es todo –contestó, ruborizada.

–Está claro que el pueblo de Zangrar está comenzando a aprender que el sultán no le puede negar nada a su esposa –dijo él con calidez.

Alexa se ruborizó. *Cada vez lo deseaba más y más.*

–Así que... ¿les vas a dar dinero para un escáner? Realmente creo que lo necesitan.

–Si tú lo crees, así se hará. Le diré a Omar que se encargue del asunto.

–¿Sí? ¿De verdad? –dijo ella, sonriendo–. Gracias.

–¿Qué será lo siguiente? ¿A quién quieres mejorarle la vida? –preguntó Karim, disfrutando de la conversación–. Ten cuidado de que no se aprovechen de ti, Alexa.

–Te hace sentir bien, ¿verdad? Ser capaz de ayudar –dijo ella. Pero la sonrisa que estaba esbozando se borró de su cara y se le formó un nudo en la garganta–. Así era mi padre. No importaba la magnitud de lo que le pidieran; si él creía que estaba bien y que ayudaría a Rovina, movía montañas para conseguirlo. Todos lo querían ya que él se preocupaba por la gente.

–Está claro que el espíritu del padre vive en la hija –dijo Karim dulcemente, tomándole la mano–. Él estaría orgulloso de ti, Alexa.

–No –contradijo ella, agitando la cabeza–. ¿Qué he hecho yo por Rovina? Simplemente observé mientras William destruía todo lo que mi padre había construido.

–Eras una niña. No tenías a nadie y aun así lograste sobrevivir. Y lograste seguir siendo valiente y sincera cuando todos los que te rodeaban eran corruptos. Tu tío será castigado, Alexandra.

–¿Estás planeando enfrentarte a él? –quiso saber ella, impresionada–. ¿Tienes un plan?

–Esto no es un tema de discusión –contestó Karim, soltándole la mano y levantándose.

–Pero si tiene que ver con Rovina...

–Alexa... –dijo él, dándose la vuelta para mirarla–. Juraste que ibas a confiar en mí.

–Confío en ti, pero...

–Entonces no dudes de mí. Cuando llegue el momento, te contaré más cosas. Por ahora, sólo te pido que no salgas de Citadel. ¿Me lo prometes?

–Sí, pero...

–Contigo siempre hay un «pero» –dijo Karim, abrazándola–. Yo he aprendido que cuando ése es el caso, sólo hay una manera de silenciarte.

Entonces la tomó en brazos, la besó apasionadamente y Alexa se olvidó de lo que iba a decir.

Pero durante los días que siguieron no comprendió por qué no estaba completamente feliz. La vida le sonreía y gozaba de seguridad. Pero le faltaba una cosa esencial.

Amor.

Karim no la amaba.

En el dormitorio era extremadamente atento y se entregaba por completo. Además, le hacía regalos muy frecuentemente y le enseñó la parte medieval de Citadel él mismo. Pero no la amaba.

Una tarde, sentada a la sombra en uno de los preciosos jardines de palacio, pensó que quizá algún día llegara a amarla. Oyó cómo alguien la llamaba y levantó la mirada. Vio a Omar acercándose a ella apresuradamente.

–¿Omar? –preguntó, levantándose–. ¿Ocurre algo?

–Ha habido un accidente terrible, Su Alteza.

–¿Está herido el sultán? –horrorizada, Alexa se acercó a él.

–Su Excelencia está perfectamente –la tranquilizó Omar–. Pero nos ha llegado un informe de una explosión en uno de los yacimientos petrolíferos. Parece que nadie conoce la seriedad del asunto. Su Excelencia le ruega que le perdone. Como ya sabe, está fuera del país y tenía previsto regresar esta tarde, pero va a dirigirse directamente al lugar del accidente. Me ha pedido que le diga que se pondrá en contacto con usted en cuanto pueda.

–Pero en principio tardará mucho en llegar al lugar del accidente si viene desde el exterior, ¿no es así?

–Es lamentable, pero inevitable.

–Alguien deberá ir a ayudar, a asegurarse de que se haga todo lo que se pueda hacer –Alexa tomó una decisión inmediata–. Iré yo, Omar. Iré a visitar el lugar y veré qué podemos hacer. Así estaré preparada para informar a Karim en cuanto llegue.

–Eso no sería adecuado, Su Alteza –dijo Omar, preocupado.

–¿Por qué no?

–A la esposa del anterior sultán no se le hubiera ocurrido actuar de esa manera.

–Pero yo no soy ella –señaló Alexa con delicadeza–. Yo soy la esposa del sultán *actual* y quiero ayudar. No soy ningún florero, Omar.

–Pero...

–El sultán se casó conmigo porque descubrió que no soy como su madrastra, ¿no es así?

–Sí, Su Alteza, pero... –contestó Omar.

–Te estaría muy agradecida si dispusieras un vuelo para mí. ¿A qué distancia está ese lugar?

–A media hora por helicóptero. Pero Su Excelencia dejó claras instrucciones de que usted no debía salir de Citadel.

–Me ha estado protegiendo demasiado –dijo ella–. Ese peligro ya no existe.

–Pero...

–Arréglalo, Omar –ordenó Alexa, dirigiéndose al palacio–. Voy a cambiarme de ropa.

–¿Que mi esposa ha ido al yacimiento petrolífero? –dijo Karim con la furia reflejada en los ojos mientras hablaba por teléfono con Omar–. ¿Y tú lo has permitido?

–Ha sido muy insistente y su esposa no es una mujer fácil de disuadir, Su Excelencia.

–No obstante, *debías* haberla disuadido. Di instrucciones de que debía permanecer dentro de Citadel –dijo Karim, atemorizado–. Dime que mandaste guardias con ella.

–A dos, Su Excelencia.

Repentinamente el sultán se vio invadido por una sospecha... *¿sería el tío de Alexa el responsable de la explosión?*

–Telefonea al helicóptero, Omar. No quiero que aterricen en el yacimiento petrolífero, no es seguro.

–Ya es demasiado tarde. Llegaron hace media hora, Su Excelencia. Su Alteza Real ya está atendiendo a los heridos.

Karim se sintió muy tenso.

Todo aquello era culpa suya ya que había insistido en que ella no viviera con tanto miedo y, al hacerlo, la había puesto en peligro. Se sintió más desesperado que nunca.

–Omar –dijo–. Quiero que te pongas en contacto con los guardaespaldas. Con cualquiera. Quiero que le hagan llegar un mensaje a Alexa. Dile que se marche de allí. Inmediatamente.

–Haré todo lo que pueda, Su Excelencia.

Al colgar el teléfono, Karim se sintió más tenso que nunca. Llegaría al yacimiento petrolífero en quince minutos, pero no sabía si ya sería demasiado tarde.

Alexa trabajó junto con los médicos y ayudó en todo lo que pudo.

–Hay alguien herido en la sala de control –le dijo un hombre que se acercó a ella–. Necesita su ayuda.

–Desde luego –dijo la princesa, que sin vacilar se levantó y siguió al hombre.

Se dijo a sí misma que podía haber sido peor. Algunos de los heridos eran graves, pero no había ningún muerto. Al llegar a la sala de control vio a un hombre tumbado en el suelo. Estaba sangrando.

–Llama a los médicos... –le ordenó al hombre que la había llevado allí.

Pero al darse la vuelta vio que éste se había ido y que era su *tío* quien estaba detrás de ella.

–Bueno, bueno –dijo él, mirando sus polvorientas ropas–. La vida como esposa del sultán no es tan glamurosa como esperabas.

Alexa estaba tan impresionada que no podía articular palabra ni pensar con claridad.

El hombre herido gritó en agonía y ella se dio la vuelta hacia él instintivamente.

–No te muevas, Alexandra –ordenó William.

–Necesita ayuda.

–No siempre obtenemos lo que merecemos.

–¿Qué estás haciendo aquí? –preguntó Alexa, atemorizada y al mismo tiempo enfadada.

–Reclamando lo que es mío –contestó su tío, esbozando una funesta sonrisa–. Y tú siempre has sido mía, Alexa.

–Afuera me esperan mis guardaespaldas –dijo ella con el corazón revolucionado.

–Desafortunadamente para ti, han tenido que ausentarse –dijo William, cerrando la puerta tras de sí y echando la llave–. Tuviste suerte en muchas ocasiones, Alexandra. Pero aquí no hay nadie que te pueda salvar. Sólo estamos tú y yo. No vas a soplar las velas de tu próxima tarta de cumpleaños.

El hombre herido gimió de nuevo y la princesa se mordió el labio inferior.

–Por favor... deja que lo ayude y después voy contigo, si eso es lo que quieres.

–No vas a ir a ningún sitio –aseguró William, sacando una pistola de su bolsillo–. Pensabas que el sultán te iba a salvar, pero vas a morir aquí mismo, en el desierto. Deberías haber muerto con tus padres.

–Nunca te hice daño –dijo Alexa, mirando la pistola.

–Arruinaste todo por lo que yo había trabajado –dijo su tío, enfurecido–. Yo era el regente, pero jamás se me otorgó el respeto que yo merecía. Tú sabías cómo ganarte la compasión de la gente, ¿verdad?

–William...

–Todos se enamoraron de ti y eso no podía funcionar, ¿no te das cuenta? No podía permitir que tú vivieras ya que sabía que la gente estaba deseando que llegara el día en el que te convirtieras en reina. Tenías que sufrir un accidente. Pero fuiste increíblemente difícil de matar. Cada vez tuve que ser más ingenioso.

Alexa apenas podía respirar.

—No lograrás nada con matarme.

—Todo lo contrario; me dará mucha satisfacción. Me han quitado el trono, ¿lo sabías? El Consejo —dijo William, apuntando a la cabeza de su sobrina con el arma—. Me han obligado a retirarme y quieren que tú ocupes mi lugar. Pero eso no va a ocurrir.

De reojo, Alexa vio movimiento en la ventana.

—Estoy segura de que todo es un malentendido...

—Quizá, pero todo se aclarará una vez estés muerta. Aquellos tipos tenían ordenado acabar contigo en el desierto, pero tu entusiasta guardaespaldas se interpuso en su camino.

Alexa vio cómo su tío apretaba el gatillo y se apartó hacia un lado. En ese mismo momento se oyó un gran golpe, así como cristales rompiéndose. Karim tumbó la puerta y entró en la sala acompañado de varios guardaespaldas.

Con un solo movimiento desarmó a William y le dio un puñetazo tan fuerte que éste cayó al suelo. Sin darle un respiro, lo agarró y lo levantó. Lo colocó contra la pared mientras esbozaba una expresión tan fría que, por primera vez en su vida, Alexa vio temor reflejado en los ojos de su tío.

Karim lo agarró por la garganta y apretó con fuerza.

—Jamás le volverás a poner un dedo encima a mi esposa, así como tampoco dirás nada degradante de ella ni en público ni en privado.

William trató de soltarse y comenzó a respirar entrecortadamente ya que necesitaba aire. Pero Karim no lo soltó.

—Durante dieciséis años ella ha soportado tu incesante persecución y estaba completamente sola. Pero eso ha cambiado. *¡Todo tiene que acabar ahora mismo!*

–Karim... –susurró Alexa al ver que a su tío se le iban a salir los ojos de las órbitas.

–Ella ya no está sola. Alexandra es mía y me tiene a mí para protegerla.

–¡Karim! –lo intentó de nuevo Alexa–. Suéltalo. No merece la pena.

–¿Cómo puedes decir eso? –preguntó el sultán sin darse la vuelta, pero no apretando ya tanto el cuello de William–. ¡Trató de matarte!

–Pero no lo logró. Y ya ha pasado. Ya ha pasado todo. Él irá a la cárcel.

Karim gruñó con desprecio, soltó a William y asintió con la cabeza ante los dos guardaespaldas, quienes inmediatamente agarraron a éste.

–Sí, irá a la cárcel. Ha cometido un delito en Zangrar y recibirá aquí su castigo para poder asegurarme personalmente de que así sea. Lleváoslo de mi vista.

Los guardaespaldas sacaron a William de la habitación y Alexa se volvió inmediatamente hacia el hombre herido.

–Karim, debes llamar a los médicos –dijo, arrodillándose y quitándole al hombre la chaqueta–. Lo siento mucho –le dijo al herido–. Siento mucho no haberle podido ayudar antes, pero va a estar bien. Le van a trasladar en avión directamente al hospital.

Karim telefoneó y dio algunas órdenes. Instantes después, los médicos llegaron y se llevaron al hombre.

–Gracias –le dijo Alexa a Karim una vez estuvieron solos–. Me has vuelto a salvar. Se está convirtiendo en un hábito –la sonrisa que estaba esbozando se borró de su cara al ver la intimidatoria mirada de él–. Estás muy enfadado, ¿verdad?

–¡Estoy tan enfadado contigo que sería capaz de estrangularte yo mismo! –espetó Karim–. ¿En qué estabas *pensando*? ¿Qué se apoderó de ti para hacer que viajaras sola al desierto? Te podían haber matado. Tu tío te *habría* matado si yo no hubiera llegado a tiempo.

–Sí, seguramente tengas razón. He... he sido un poco impulsiva, pero cuando oí que había habido una explosión y que tú no ibas a ser capaz de llegar aquí en breve, quise venir a ayudar.

–Y eso fue una tontería –dijo Karim, pasándose una mano por su oscuro pelo.

–Querías una esposa que se preocupara por la gente de Zangrar –señaló ella–. Y yo me preocupo por ellos, Karim. Durante el último mes tu pueblo me ha dado la bienvenida y me ha hecho sentir como en casa de una manera que jamás había sentido. Aunque sólo llevo aquí poco tiempo, siento como si esta tierra fuera mi hogar.

–Has mostrado tener un coraje increíble y me culpo a mí mismo del hecho de que hoy te hayas puesto en riesgo.

–¿Por qué te vas a culpar a ti mismo? –dijo Alexa, mirándolo sorprendida.

–Me echo la culpa por dos razones. La primera es porque fui yo el que insistí en que confiaras en la gente. Y la segunda es porque no te dije que todavía había un riesgo.

–Tú no sabías que mi tío iba a seguir intentando matarme.

–He tenido agentes trabajando en Zangrar desde que aquella noche en la cueva me contaste tu historia –dijo Karim–. Sabía que él estaba planeando algo, pero creía que tú estabas segura ya que estabas dentro de Citadel. Cuando Omar me dijo que habías viajado al desierto, casi me vuelvo loco.

–¿Sospechaste que mi tío estaba detrás de la explosión?

–Creí que era posible. Mis agentes habían descubierto los comienzos de una conspiración, aunque no tenían detalles.

–Pero mi tío no podía estar seguro de que yo iba a venir.

–Era una suposición razonable ya que ése es el tipo de mujer que eres. Eres fuerte, compasiva, y te preocupas mucho por los demás –dijo Karim, abrazándola–. Es por eso que te quiere el pueblo de Rovina, así como el de Zangrar, y...

En ese momento tuvo que dejar de hablar y respiró profundamente.

–Y es la razón por la que yo te amo.

–¿Tú me amas? –preguntó la princesa, sintiendo cómo le daba un vuelco el corazón.

–Mucho.

–Nun... nunca me lo habías dicho.

–Hasta hace unas horas yo ni siquiera era consciente de ello –dijo él, acariciándole la mejilla–. Cuando me enteré de que habías venido aquí sola y sospeché cuál era la conspiración, supe que estabas en peligro. Traté de ponerme en contacto contigo, pero ya estabas ayudando con los heridos. Así que no pude hacer otra cosa más que esperar y pensé que iba a perder la razón.

–Tú no crees en el amor –dijo Alexa.

–Pues parece ser que sí –contestó Karim–. Y aparentemente lo hago de una manera intensa y completa. Te amo, *habibati*. Eres mía, solamente mía... –entonces la besó con delicadeza.

Aquel beso provocó que Alexa se sintiera aturdida.

–Te forcé a que te casaras conmigo –dijo cuando él dejó de besarla.

–Y yo fui a Rovina en persona, decidido a que cambiaras de opinión y que no te casaras con el sultán. Pero en cuanto te quitaste la máscara tras el combate de esgrima, supe que tenía un problema.

–Yo estaba esperando que perdieras el combate para así poder justificar el echarte. Pensaba que iba a estar más segura yo sola. No confiaba en nadie. No me atrevía a hacerlo.

–Eras muy valiente y parecías merecer el título de «princesa rebelde».

–*Traté* de decirte que estaba en peligro.

–Créeme que me arrepiento muchísimo del hecho de no haberte creído, pero tienes que comprender que todas las mujeres que han pasado por mi vida, aparte de ti, han utilizado el drama y la histeria para obtener lo que querían.

–Yo simplemente estaba siendo sincera.

–Ahora lo sé. Cuando descubrí por todo lo que habías pasado, simplemente quería mantenerte a salvo de todo. Aquella noche en el desierto...

–Me resultó tan duro no acostarme contigo –admitió Alexa, ruborizada–. Te deseaba *tanto*.

–Y yo te deseaba a ti. Fue en ese momento cuando decidí que me tenía que casar contigo –dijo Karim–. Quizá ya me había enamorado de ti. Sé que tú me haces sentir más vivo que nunca. Durante poco tiempo, mientras estábamos juntos, me olvidé de las obligaciones y de la responsabilidad.

–Simplemente desearía que me hubieras dicho quién eras. Yo estaba *tan* confundida. Pensé que me estaba casando con el sultán y que estaba enamorada de otro hombre. Fue *horrible*.

–Afortunadamente *no* soy tan posesivo como para tener celos de mí mismo –dijo él, sonriendo.

–¿Realmente me amas? ¿Estás seguro? –preguntó ella, poniéndole una mano en el pecho.

Karim bajó la cabeza y la besó dulcemente.

–Mi princesa del desierto. Había pensado que ibas a odiar todo lo de mi país y me has dejado impresionado. Todo te ha fascinado. Te has enamorado de Zangrar y yo... –murmuró en su boca– yo me enamoré de ti, *habibati*.

Emocionada, Alexa apoyó la cabeza en el pecho de él para esconder sus lágrimas.

–Lo siento, estoy siendo muy tonta. Es porque estoy feliz. Esto es como un sueño.

–Espero que sea como un *buen* sueño. Deja de llorar –dijo Karim, levantándole la barbilla–. Te prohíbo que llores. De ahora en adelante, si algo te hace sentirte infeliz, simplemente tienes que decírmelo y yo solucionaré el problema.

La princesa sonrió. Todavía se sentía aturdida ante la novedad de que alguien se preocupara por ella.

–¿Y ahora qué ocurre? Mi tío...

–Irá a juicio y, sin duda, pasará el resto de su vida en la cárcel –dijo Karim, sonriendo levemente–. Lo que te deja con un problema, *habibati*. Ahora mismo es el Consejo el que está gobernando Rovina, pero están ansiosos por recibir a su reina. Supongo que no pretendes abdicar, ¿verdad?

–No –contestó Alexa–. Le debo a mi padre el, por lo menos, tratar de solucionar el desorden que ha creado William. Hay muchos problemas.

–Y muchas soluciones –murmuró Karim, dándole

otro beso–. Yo soy muy bueno solucionando los desordenes que han dejado otras personas. Puedo aconsejarte en muchas cosas.

Al sentir la boca de él sobre la suya, Alexa no pudo pensar con claridad.

–¿Estás sugiriendo que dividamos nuestro tiempo entre Zangrar y Rovina? ¿Puede ocurrir eso?

–Nosotros haremos que ocurra. Donde hay voluntad y una flota de aviones privados... –dijo él, encogiéndose de hombros– las distancias no son un problema. Nuestros hijos amarán el desierto, pero también conocerán los bosques y prados de Rovina. Tendrán una infancia privilegiada y aprenderán a ser tolerantes. Cuando tengan la edad suficiente, nuestro primer hijo gobernará Zangrar y el segundo Rovina.

–¿Y si tenemos una hija?

–Si es tan valiente e ingeniosa como su madre, será capaz de gobernar ambos países con los ojos cerrados mientras toma sus lecciones de esgrima –Karim hizo una pausa y la besó de nuevo–. Sea lo que sea lo que decidamos, nuestros países estarán unidos para siempre y tú serás capaz de poner en práctica los cambios que hubiera querido tu padre.

–¡Me haces tan feliz! Nadie antes lo había hecho –dijo Alexa, abrazándolo.

–Acostúmbrate a ello, *habibati* –arrulló él–. Porque he descubierto que estoy muy comprometido en lo que se refiere a la felicidad de mi esposa. Estoy dispuesto a tumbar a cualquiera que se interponga en tu camino.

–Ya lo has hecho –dijo ella, mirando a su alrededor y viendo la puerta rota. No podía creer la pasión y determinación con la que la había defendido–. Me salvaste... de nuevo.

—Si es necesario pretendo seguir salvándote, pero estaría bien si me dieras menos motivos de preocupación ya que si no, me volveré canoso antes siquiera de que hayan nacido nuestros hijos.

—Tú no pareces ser un hombre que se preocupe fácilmente.

—Soy un hombre que sabe cómo defender lo suyo. Recuérdalo, Alexandra.

—Lo recordaré. Y a cambio, ¿qué quieres de mí?

—Ya lo sabes —contestó Karim con arrogancia—. Quiero todo, Alexa. Todo lo que tengas para dar, todo lo que eres. No quiero que escondas nada.

Sintiéndose amada y segura por primera vez en su vida, la princesa sonrió.

—¿Eso es todo, Su Excelencia? Bueno, creo que no va a ser muy duro...

Bianca™

Él quería venganza... Ella deseaba ser feliz junto a él

El rico e implacable Paolo Caretti no se avergonzaba de sus raíces, pero sí de haber amado a una mujer que se creía mejor que él. Ahora Isabelle lo necesitaba y Paolo tenía sed de venganza...

La princesa Isabelle de Luceran sabía que le había roto el corazón a Paolo, igual que sabía que tendría que pagar un precio por su ayuda. Pero cuando él descubriera hasta dónde llegaba el engaño, no dudaría en destruirla con su venganza...

Semillas de odio

Jennie Lucas

Acepte 2 de nuestras mejores novelas de amor GRATIS

¡Y reciba un regalo sorpresa!

Oferta especial de tiempo limitado

Rellene el cupón y envíelo a
Harlequin Reader Service®
3010 Walden Ave.
P.O. Box 1867
Buffalo, N.Y. 14240-1867

¡Sí! Por favor, envíenme 2 novelas de amor de Harlequin (1 Bianca® y 1 Deseo®) gratis, más el regalo sorpresa. Luego remítanme 4 novelas nuevas todos los meses, las cuales recibiré mucho antes de que aparezcan en librerías, y factúrenme al bajo precio de $3,24 cada una, más $0,25 por envío e impuesto de ventas, si corresponde*. Este es el precio total, y es un ahorro de casi el 20% sobre el precio de portada. !Una oferta excelente! Entiendo que el hecho de aceptar estos libros y el regalo no me obliga en forma alguna a la compra de libros adicionales. Y también que puedo devolver cualquier envío y cancelar en cualquier momento. Aún si decido no comprar ningún otro libro de Harlequin, los 2 libros gratis y el regalo sorpresa son míos para siempre.

416 LBN DU7N

Nombre y apellido	(Por favor, letra de molde)

Dirección	Apartamento No.

Ciudad	Estado	Zona postal

Esta oferta se limita a un pedido por hogar y no está disponible para los subscriptores actuales de Deseo® y Bianca®.
*Los términos y precios quedan sujetos a cambios sin aviso previo.
Impuestos de ventas aplican en N.Y.

SPN-03   ©2003 Harlequin Enterprises Limited

Jazmín™

La mujer del heredero
Myrna Mackenzie

Estaban casados, pero eran dos desconocidos...

La fotógrafa de Bodas Bellas, Regina, creaba recuerdos perfectos que los novios conservaban para siempre. Sin embargo, al mirar las fotos de su propia boda se dio cuenta de que apenas conocía al hombre con el que se había casado.

A Dell O'Ryan lo habían educado para ser un hombre responsable y hacer siempre lo que debía hacer. Por eso, cuando su primo abandonó a la hermosa Regina, dejándola sola y embarazada, Dell no dudó en acudir en su ayuda. El problema era que, incluso después de casarse con ella, Regina era prácticamente una desconocida, por lo que decidió pedirle una cita a su esposa.

Deseo™

Amor concertado
Katherine Garbera

El multimillonario Donovan Tolley lo
tenía todo: dinero, inteligencia y
atractivo, pero nada de eso le daba lo
que más deseaba: que Cassidy Fran-
zone, su antigua amante, volviera a
su cama.

Debía casarse para no perder la empresa familiar y Cassidy era la mujer
que quería para el puesto. Pero cuando la encontró... descubrió que estaba embarazada de casi nueve meses.
El bebé tenía que ser suyo. Sin embargo, convencer a Cassidy de que
aceptara un matrimonio sin amor iba
a ser una negociación muy complica-
da de la que el gran empresario podría no salir victorioso...

**Si se casaba con ella conservaría la empresa...
y a la mujer que deseaba con todas sus fuerzas**